प्यार और विद्रोह

प्यार और विद्रोह

जाँनिसार अख्तर

प्यार और विद्रोह

ISBN : 978-93-5128-003-3

मूल्य : रू. 150

भारत में सन् 2013 में प्रकाशित

कल्पाज़ पब्लिकेशन,
सी–30, सत्यवती नगर,
दिल्ली – 110052

Phone : 9212142040
ई–मेल : kalpaz@hotmail.com

टंकण सम्पादन कार्य : शाह कम्प्यूटर ग्राफिक्स, दिल्ली
मुद्रित : जी. प्रिंट प्रोसैस, दिल्ली

विषय–सूची

Foreword

यूँ तो आज कल हर मौजू पर नई–नई किताबें लिखी और पढ़ी जा रही हैं। प्रेम या मोहब्बत पर भी काफी लिटरेचर बाजार में मिलते हैं। मगर जॉनिसार अख्तर साहब की ये किताब प्रेम और विद्रोह देखकर ये अन्दाजा हुआ कि प्रेमी जोड़ा ये जानता भी है कि प्रेम है क्या?

कहा जाता है कि जिस शिक्षा से हम अपना जीवन निर्माण कर सकें, मनुष्य बन सकें, चरित्र गठन कर सकें, विचारों का सामंजस्य कर सकें, वही वास्तव में शिक्षा कहलाने योग्य है।

सच में, प्यार इश्क और मोहब्बत के मामले में आज हमारे देश के बच्चों और युवाओं में सहनशक्ति कम हो रही है। कहीं डिप्रेशन का शिकार होते हैं। तो कहीं जीवन से हार मानकर आत्महत्या तक कर लेते हैं। प्यार सच्चा हो या झूठा समाज उसे हमेशा नापाक़ नज़रों से ही देखता है। जब की प्यार ग़लत चीज़ नहीं है। इस किताब में प्रेम और प्रेम के खिलाफ उठने वाली आवाज़ों का वर्णन किया गया है। इस पुस्तक में समाहित सामग्री वास्तव में अपने आप में एक मिसाल है। इस किताब को पढ़ते वक़्त अपनी गहरी सोच का इस्तेमाल करें। मुझे यक़ीन है कि आप अपना जीवन खुशियों से भर सकेंगे और आप अपने देश के लिए भी कुछ कर सकेंगे।

फिल्म डायरेक्टर

आकाश पांण्डे

प्रस्तावना

वैसे कहने को किया, कहा जा सकता है कि आधुनिक युग में मनुष्य अनेक समस्याओं से पीड़ित है। लेकिन एक समस्या जो सुलझने का नाम नहीं लेती वो है प्रेम की समस्या "प्रेम और विद्रोह" नामक पुस्तक में प्रेम और प्रेम के विरुद्ध होने वाले विरोध को लेख क्रम किया गया है। यह किताब भारतीय परिस्थितियों को मद्देनज़र रखते हुए लिखी गई है और जिन्दगी को खुशियों से भरने के लिए इस किताब का निर्माण किया गया है।

वैसे इस पुस्तक को लिखने का मेरा मक्सद बिल्कुल भी नहीं था मैं अपना तजुरबा अपने दोस्त को सुनाता रहता था और मेरे दोस्त का आग्रह था कि मैं अपना तजुरबा लोगों में बाटूं और पुस्तक के रूप में कलमबन्द करूँ। इसलिए मेरी ये छोटी सी कोशिश है।

मैंने इस पुस्तक के लिए लम्बा समय बनवास की तरह काटा है। मैं बताना चाहूँगा कि मैं कोई लव गुरू नहीं हूँ। बस एक नॉरमल इंसान हूँ। इस किताब में आपको शायरी का आनन्द भी आएगा। पुस्तक की सबसे बड़ी खास बात यह है कि पुस्तक के किसी भी पृष्ठ को खोलकर पढ़ना शुरू कर सकते हैं। उसकी विषय वस्तु पूर्ण करने की कोशिश की गई है।

प्रेम जीवन को खुशहाल बनाने हेतु तमाम टिप्स दिए गए हैं। मुझे यकीन है कि प्रस्तुत पुस्तक में समाहित विभिन्न विषयों को पढ़ते समय आप सहज व प्रसन्न तो रहेंगे ही साथ ही यह आपके जीवन को उज्जवल व खुशहाल बनाने में भी अत्यन्त फायदेमन्द साबित होगी।

अन्त में मैं उन सभी विचारकों तथा लेखकों के प्रति अपना आभार अर्पित करता हूँ। जिनकी मीठी बोली को पढ़कर सुनकर पुस्तक का निर्माण संभव हुआ है और मैं उन लोगों का भी आभारी हूँ। जिन्होंने दिल खोलकर मेरी बुराई की तथा व्यक्तित्व में और निखार लाने के लिए मुझे आगाह किया।

जॉनिसार अख्तर

दो बातें

इश्क़ का जुनून सदियों से रहा है और शायद ये जुनून कभी खत्म भी नहीं होगा। प्रेम से बेहतर कोई और चीज़ नहीं ऐसा कहा जाता है। अगर ये प्रेम अच्छी चीज़ है, तो फिर ये समाज प्रेम को गलत क्यों कहता है? क्यों करता है प्रेम करने वालों का विद्रोह? यही प्रश्न मेरे ज़हन में खटकने लगा और मैं जुट गया 'प्रेम और विद्रोह' की तलाश में। तलाश करते वक्त प्रेम के उन तमाम प्रश्नों ने भी मुझको घेर लिया जो हर रोज़ हमारे अपने देश में पैदा होते हैं।

इस किताब 'प्रेम और विद्रोह' (Love and Revolt) में प्रेम के उसूल और प्रेम में होने वाले विरोध को विस्तार के साथ पेश करने की कोशिश की गई है।

किताब की तरतीब में जिन विशेष लोगों के मतों का प्रयोग किया गया है मैं उनका सम्मान करता हूँ। आशा है कि 'प्रेम और विद्रोह' (Love and Revolt) का यह संग्रह हर वर्ग और हर उम्र के व्यक्तियों के लिए बहुत ज्यादा फायदेमन्द साबित होगा।

इस किताब का निर्माण करने का मेरा मक्सद सिर्फ़ इतना है कि हम अपने जीवन को उज्जवल बनायें और अपने राष्ट्र को महान और स्वच्छ बनायें।

करो बुलन्द, कहो बुलन्द
उम्मीद है होंगे हमीं बुलन्द

प्यार की परिभाषा

प्यार एक एहसास है। प्यार वह बन्धन है जो एक दूसरे को दिलों से जोड़ता है। प्यार में एक दूसरे के प्रति सच्चापन होता है। प्यार वह है जिसमें एक दूसरे के दिलों में जगह हो, प्यार एक दूसरे की भावनाओं के मूल्य को महत्व देता है, प्यार वह है जिसमें एक दूसरे के लिए गम्भीरता होती है।

प्यार वह नदी है जिसमें प्यार करने वाले डूबकर एक दूसरे के प्रति समर्पण भाव रखते हैं।

Love
L = who is LOYAL to each other.
O = who OCCUPIES his/her position in the heart of each other.
V = who VALUE his/her partner.
E = who is EARNEST to each other.

1

मोहब्बत क्या है?

दो दिलों के धड़कने का नाम है मोहब्बत, दूसरे की चाहत में कुछ कर गुज़रने का जज़्बा है इश्क़ यह वो जज्बा है जो आशिकों को एक अलग ही दुनिया में ले जाता है। जहाँ सच्चापन होता है जहाँ ऊँच–नीच अमीर–गरीब जैसी बिमारियाँ नहीं होतीं अगर इस दुनिया में कुछ होता है तो सिर्फ प्रेम प्रेम और प्रेम।

लेकिन क्या आपको मालूम है कि इस हसीन दुनिया में कदम रखने से पहले किन रास्तों से गुज़रना होता है। चाहें आप इस बारे में जानते हों या न जानते हों। लेकिन इतना ज़रूर है कि खूबसूरत एहसास को महसूस करने के लिए हर वो रास्ता हसीन ही होगा जहाँ से गुज़रकर मोहब्बत की दुनिया में जाया जाए।

जानिए उन स्थितियों के बारे में जो आपके प्यार को स्थायित्व देने में आपकी मददगार साबित होंगी।

कशिश

प्यार में सबसे पहली स्थिति होती है कशिश, ये कशिश दो तरीकों से हो सकती हैः शारीरिक या फिर भावानात्मक। हमारी रोज़मर्रा की ज़िन्दगी में या अचानक मिलने वाले लोगों में कोई एक ऐसा होता है जिससे मिलने के लिए, बात करने के लिए और दोस्ती करने के लिए आपका दिल हमेशा बेताब सा रहता है। आप हमेशा इसलिए कोशिश में लगे रहते हैं कि किसी तरह से उनसे बात चीत का सिलसिला शुरू हो जाए। और जब आप उनसे

दोस्ती कर चुके होते हैं तो धीरे–धीरे आपके बीच भावनात्मक लगाव पैदा होने लगता है, आपकी रुचियाँ, आपके विचार, आदि मिलने लगते हैं। आपके बीच होने वाली बातचीत बहस का मुद्दा बन जाती है। लेकिन अक्सर उसका मामला समान ही रहता है तथा जिसका रूपांतरण प्यार के रूप में होता है।

रोमांस

जब दो लोगों के बीच पैदा हुई कशिश इश्क में तब्दील हो जाती है तो एक दूसरे के लिए कुछ कर गुज़रने की चाह पैदा हो जाती है। आप हरदम उन्हें खुश करने की किसी न किसी कोशिश में लगे रहते हैं। हो सकता है उनसे आप कुछ पाने के लिए उन्हें खुश करना चाहते हों जैसे कोई गिफ्ट या कुछ और लेकिन कई बार ऐसा भी होता है कि आप उन्हें खुश करने के लिए उन्हें इस बात का अहसास कराने के लिए कि आप उन्हें कितना प्यार करते हैं उनके पसंदीदा कार्य करने लगते हैं।

सब्र

दिल प्यार में क्यों डरता है? शायद इसलिए कि हो सकता है जज़बातों की रौ में बहकर आप वो सब कर जाऐं जो ठीक नहीं है। इन्हीं जज़्बातों को वश में करने के लिए ज़रुरत है। सब्र की क्योंकि सब्र से काम लेकर ही आप अपने प्यार को एक लम्बी ज़िन्दगी दे सकते हैं।

अंतरंगता

यह वो स्थिति है जब आप अपने प्रिय के इतने करीब होते हैं कि दोनों के बीच एक विशिष्ट प्रकार का तालमेल पैदा हो जाता है। या कहूँ कि ऐसा रिश्ता जिसमें आप अपनी सोच अपने विचार अपनी अनुभूतियाँ एक दूसरे के साथ बांटते हैं और कई बार तो बिना कुछ कहे ही एक दूसरे के दिल की बात जान जाते हैं। अंतरंगता एक निरंतर चलने वाली प्रकिया है और जैसे–जैसे आपका रिश्ता प्रगाढ़ होता जाता है ये आगे बढ़ती जाती है।

वादा

यदि आप अपने प्यार की लम्बी ज़िन्दगी चाहते हैं तो कभी भी ऐसा वादा न करें जो आप पूरा न कर पायें अन्यथा ये आपके रिश्तों में दरार

डाल सकता है। जब आपका समय अच्छा हो तो आप किसी भी तरह का कोई वादा कर लेते हैं लेकिन हो सकता है कि आप जो वादा अपने प्रिय से कर रहे हैं किसी कारण से उसे पूरा न कर पाएँ इसलिए जहाँ तक हो सके वादा न ही करें।

और प्यार तो प्यार है खुदा की सबसे बड़ी नेमत सिर्फ मोहब्बत ही है।

2

जब प्यार किसी से होता है

कभी आप चुपचाप हो जाएँ तो कभी आप के शब्द खो जाएँ ख्यालों में आप दिन रात डूबे रहें जब अपने आप की खबर ही न रहे खुद का अस्तित्व किसी और में घुलता जाए सारी बातें मन ही मन में चलती रहें न तुम कुछ कहो न मैं कुछ कहूँ। ऐसा ही कुछ–कुछ होता है जब प्यार किसी से होता है। जब प्यार का पहला एहसास जागता है तो कुछ–कुछ नहीं होता बल्कि बहुत कुछ होता है।

लेकिन कभी–कभी ये समझ में नहीं आता की ये प्यार ही है या और कुछ जब पहला पहला प्यार हो तो कुछ समझ में नहीं आता कि क्या हो रहा है और क्यों हो रहा है ऐसा? किसी का अच्छा लगना और एक ही पल में या कह सकते हैं एक ही मुलाकात में पूरी ज़िन्दगी बन जाना।

ये कैसा एहसास है जिसने पूरे जीवन को बदल डाला है। ज़िन्दगी बदल गई है वो सब कुछ हो रहा है जो पहले कभी नहीं हुआ कहीं आपको प्यार तो नहीं हो गया है।

पता नहीं हाँ,,,,,, नहीं,,, ?, बड़ी उलझन है। आपके प्यार को पहचानने में हम ही कुछ आपकी मदद करते हैं अगर आपको अपने आप में ये खूबियाँ नजर आती हैं तो समझ लीजिए कि आपको प्यार, प्यार और सिर्फ प्यार हो गया है।

जरा देखिए

- हर पल दिलो–दिमाग बेचैन सा रहता है, सब कुछ होने के बाद भी कहीं कुछ कमी सी लगती है।

- उसके जिक्र से ही प्यार की खुशबू आती है उसका नाम सुनते ही चेहरे पर शर्म की लाली छा जाती है दिल धड़कने लगता है।
- पूरी रात इधर–उधर करवटें बदल बदल कर ही कटती हैं नींद नहीं आती है। आँखें बन्द करते ही वो सामने आ जाते हैं और पूरी रात आँखों–आँखों में ही कट जाती है।
- वो साथ हों तो ज़िन्दगी हसीन और मौसम खुशनुमा बन जाता है। आप इसी तरह की ज़िन्दगी की ख्वाहिश करने लगते हैं।
- आपके चेहरे पर अचानक ही गजब का निखार आ जाता है। दोस्त कहने लगते हैं कुछ तो चक्कर है ये लगता है, प्यार की चमक है और आप शरमाकर मुँह छिपा लेते हैं।
- आपकी अपनी ज़िन्दगी की हर बात उससे जुड़ी सी लगती है। कभी शेरो शायरी और कविता की ओर ध्यान न देने वाले आप अचानक ही ऐसी चीजों के दीवाने हो जाते हैं। पूरा दिन गज़लें सुनने में बिता देते हैं बस इस बात का इंतजार रहता कि किसी तरह से उसका दीदार हो जाए दीदार होने पर दिल में फूल खिल जाते हैं।
- आपको उसकी बेतुकी बचकानी बातें भी अच्छी लगने लगती हैं और उन पर भी प्यार आता है। अचानक ही ईश्वर में आप का विश्वास बढ जाता है आप ज़्यादा दयालू हो जाते हैं।
- वो शहर से या गांव से कुछ दिनों के लिए बाहर हों तो बेचैनी में और तन्हाई से बचने के लिए आप बिना किसी काम के ही अपने मित्रों के साथ वक्त गुज़ारते हैं और उन्हें अपने किस्से सुनाकर बोर करते हैं।
- आप पूरी दुनिया को भूल बैठे हैं। आप को अपनी भी खबर नहीं रहती। उसके प्यार में आप होश खो बैठे हैं। कहीं के लिए निकलते हैं कहीं निकल जाते हैं। उसके ख्याल में पढ़ना–लिखना खाना–पीना सब भूल जाते हैं ये सारे काम आपको बेकार लगते हैं।

- उसके हल्के से ख्याल का एहसास आपके पूरे शरीर में हलचल मचा देता है आप बेवजह उसकी माँ, बहन या रिश्तेदारों से बड़े सुकून से बात करने लगते हैं। उसके घिसे–पिटे जोक्स पर भी आपको बहुत हँसी आती है। उसकी हर बेवकूफी और गलती आपको अच्छी लगती है।
- अब आपको अपनी पसन्द का खाना अच्छा नहीं लगता है। अपनी हेयर स्टाइल तथा ड्रेसिंग स्टाइल बदलने के लिए आप उससे मशविरा लेते हैं उसकी हर बात से आप सहमत हो जाते हैं। उसकी हर सलाह आपको अच्छी लगने लगती है।
- उससे मिलने के बाद घंटों बात करने के बाद भी आपको लगता है कि काश थोड़ा–सा वक़्त और मिल जाता या काश हर मुलाकात का अंजाम जुदाई ना होता। आपको लगता है कि वो कभी भी गलत कर ही नहीं सकता उसके पसीने की बदबू भी आपको मदहोश बना देती है।
- उसकी सारी कमियों में आपको खूबियाँ नज़र आने लगती हैं उसकी हर बात आपको सेक्सी लगती है। अब आप उसे उसके नाम से नहीं बुलाते। आपने उसे एक अलग नाम दे दिया है। उसे पुकारते ही आप अपना सारा प्यार उंडेल देते हैं।
- आपको हर बार आधी रात को भी फोन बजे तो लगता है उसी का फोन है। उसका साथ आपको अच्छा लगने लगता है और बाकी सबका साथ बोर।
- अगर वह किसी की ओर देख भी ले तो आपको गवारा नहीं होता आपका दिल आहत हो जाता है।

अगर ये सब कुछ या इनमें से कुछ भी आपके साथ हो रहा है तो समझ लें कि प्यार हुआ चुपके से,.........

3

काश मुझे कोई प्यार करता

आप जानते हैं कि इस सृष्टि में प्यार से बेहतर कोई और चीज नहीं है और न शायद हो सकती है प्रेम के ढाई आखरों में पूरी ज़िन्दगी की सच्चाई मजहब और कर्म है। ऐसा कोई दिल नहीं जिसमें किसी न किसी तरह का प्यार हिलोरे न लेता हो बस ज़रुरत होती है तो उसे पवित्र और प्रेरणा से परिपूर्ण करने की।

अक्सर युवाओं को अपने एक अच्छे हमदम की तलाश रहती है। जो उसकी खुशियों और ग़मों में हिस्सा ले सकें और उसकी अपनी अच्छाइयों को समझ सकें।

अक्सर कुछ लड़के और कुछ लडकियाँ तो अपने प्यार का इज़हार कर डालते हैं लेकिन कुछ युवा लोग अपने प्यार का इजहार करने से डरते हैं इज़हार से ज्यादा उसके स्वीकार होने और नहीं होने की चिंता करते हैं। पता नहीं उसके मन में प्यार है या नहीं है और ऐसे युवा अपने प्यार का इज़हार नहीं कर पाते हैं और बस एक उम्मीद लेकर अपने दिल में बैठते हैं। कुछ इस तरह..................

कभी तो मेरी भी मुलाकात होगी।
मेरी ज़िन्दगी की शुरुआत होगी।।
इसी आस में मैं जिए जा रहा हूँ।
के इक दिन मोहब्बत की बरसात होगी।।

अक्सर लड़के या लड़कियों को ऐसी प्रॉब्लम्स से दो चार होना पड़ता है। जब उन्हें कोई अच्छा लगता है और ये भी लगता है कि जिसे वो प्यार करते हैं उसके दिल का हाल उनके जैसा है लेकिन उनके प्यार के लिए धड़कते दिल की आवाज़ सुनाई नहीं देती।

देखा गया है कि प्यार के मामले में लोग अक्सर शर्मीले होते हैं। ऐसे बेचैन दिल के लिए हमारे पास हैं कुछ टिप्स............................

- अगर कोई लड़का या लड़की आपको दूर से देखे लेकिन पास पहुँचते ही किसी और जगह देखने का बहाना करे तो समझ लीजिए की वो आप की हर एक्टिविटी को नोटिस कर रहा है। ये उसके प्यार का संकेत है। नए दोस्तों से आपके बारे में जानना चाहे आपको सिर्फ अच्छी या अच्छा दोस्त कहे, वह दूसरे सभी लोगों से बातें करे लेकिन आपके पास पहुँचते ही बात करना बन्द कर दे तो समझिए ये भी प्यार के संकेत हैं।
- आपको देखते ही उसके आचरण और व्यवहार में बदलाव आने लगे। मसलन बेवजह हाथ हिलाना जोर से बात करना इत्यादि।
- दूर से आपको मुस्कुराकर देखे लेकिन पास होने पर नजर उठाकर नहीं देख पाए आपको एकटक देखने से घबराए।
- अगर आपकी किसी लड़के या लड़की के साथ दोस्ती हो और वह अक्सर आपको छूने की कोशिश करे। मसलन बालों पर हाथ रखे हाथ पकड़े आप से जेंटल टच करते हुए बात करे आपको हँसाने की कोशिश करे, गुदगुदाए बात करते समय आपका हाथ अपने हाथ में रखे।

अगर ऐसे संकेत आपको मिल रहे हों तो इसका मतलब है कि वो आपका ध्यान अपनी ओर खींचना चाहता है लेकिन प्यार का इजहार करने से डरता है या उसे इजहार इश्क का तरीक़ा नहीं मालूम है। तो देर मत कीजिए इतने संकेत प्यार परखने के लिए काफी हैं। तत्काल अपने चाहने वाले से इजहार कर दीजिए और एक दूसरे के साथ का लुत्फ उठाइए।

4

पहली नजर में होता है प्यार

जीवन में हम बहुत से लोगों से मिलते हैं कुछ आपको हँसाते हैं कुछ के साथ आप बहुत मज़ा करते हैं कुछ का डील–डौल देखकर ही अच्छा लगता है लेकिन किसी में वो बात नज़र नहीं आती है जो आप अपने सपनों में देखा करते हैं न जाने आप कितने लोगों से मिलते रहते हैं फिर भी आपकी तलाश अधूरी रहती है।

लेकिन अचानक ज़िन्दगी की इन्हीं भाग दौड़ की राहों में कोई ऐसा अजनबी मिलता है या कोई जान पहचान वाला शख्स जिससे आप अधिक लगाव रखते हैं। परन्तु कभी वो पल आता है जब आप की नजरें मिलती तो हैं लेकिन कुछ अलग सा अहसास जगाती हैं आप कुछ भी कहने के मूड में हो या न हों परन्तु आप की नज़रें मिलते ही वो सब कुछ कह जाती हैं। जो आप अपने दिल में छिपाए बैठे होते हैं। लब खामोश होते हैं लेकिन नज़रें मिलते ही मध्यम–मध्यम मन की मुस्कान दिल में दस्तक देती है।

फिर आप कहीं भी हों उसी का ख्याल रहता है। कुछ भी होश नहीं रहता जहाँ बेगाना सा लगता है। दीवानों के जैसा हाल हो जाता है और जब आपके दोस्त या जानने वाले आप से बात करते हैं तो आप उनकी बात को गौर से नहीं सुनते हैं न समझने की कोशिश करते हैं क्योंकि यादों की धूप कड़ी हो जाती है। ख्वाबों का झरना सा बहता है। हर पल नया सा लगता है। उन्हीं का चेहरा हर जगह नजर आता है। तमाम हसीनों में वही आपको हसीन नजर आता है। जो दिल में बसा हो उसी के लिए सिर्फ प्यार नज़र आता है। ये सच है कि प्यार पहली नज़र में हो जाता है।

मेरे प्यारे दोस्त जब आप के साथ ऐसा कभी भी होता है तो आप उससे मिलने और बात करने के लिए बेताब हो जाएँगे। इसलिए मैं आपको बताना चाहता हूँ आपकी पहली मुलाकात का सबक क्या होना चाहिए?

युवती मित्र के साथ अपनी पहली डेट यदि आपने सावधानी से पार कर ली तो निश्चित समझिए की अगली कई डेट आपकी होने वाली हैं। किसी लड़की द्वारा अपने लड़के दोस्त का यह प्रस्ताव मान लेना ही काफी नहीं है कि वह उसके साथ है डेट पर जाने को तैयार है। यूँ तो किसी भी रिश्ते की यह बड़ी सफलता मानी जाएगी, पर इसे बहुत ही संकट का समय भी माना जाएगा। अगर युवती किसी वजह से अपने मित्र से प्रभावित नहीं हुई तो इस रिश्ते को यहीं पूर्ण विराम लग सकता है। पहली डेटिंग ही अन्तिम डेटिंग बन सकती है।

लड़कों का डरना और दुविधा में रहना स्वाभाविक है। लड़कों की अपेक्षा लड़कियों का सोचने समझने का तरीका भिन्न होता है। क्योंकि लड़के और लड़कियों की परवरिश, अलग अलग माहौल में होती है। इस मामले में पहली डेट पर पूरी जिम्मेदारी लड़कों की हो जाती है कि वह कैसे उस शाम या समय को खुशगवार बनाए रखें।

- सबसे पहली समस्या यह आती है कि आखिर बात कहाँ से शुरू की जाए। ऐसे वाक्य से संवाद शुरू करना चाहिए जो ज्यादा भारी भरकम न हो और जवाब देने वाले को भी कोई जोखिम न हो जैसे "आज का दिन कैसा बीता"? माहौल सहज करने के लिए ऐसा प्रश्न करना और धैर्य से पूरा जवाब सुनने के बाद थोड़ा अपना अनुभव भी बताना अनुकूल हो सकता है।
- अब आप थोड़ा निजीपन की ओर बढ़ सकते हैं पोशाक के चयन की सराहना कर सकते हैं। रंगों की तारीफ करते हुए आप हौले से बता सकते हैं कि यह उस पर जम रहा है। शायद हो सकता है उन्होंने ऐसी जीन्स और टॉप पहनी हो जो आपकी निगाह में उतना अच्छा न लग रहा हो फिर भी आपको उसकी तारीफ ही करनी चाहिए। आपकी यह प्रशंसा उन्हें आश्वस्त और सहज कर देगी।

- लेकिन एक बात याद रखे ऐसे मामलों में लड़के को सतर्क रहने की ज़रूरत है। क्योंकि अक्सर लड़के लड़कियों को कम अक्लमंद समझते हैं पर यह विचार बहुत ही खतरनाक है। इसे भाँपते ही आपकी डेट आपसे दूर हो जाएगी। कई लड़कियां इतनी हाज़िरजवाब और जहीन होती हैं कि आपकी पुरूषवादी सोच को जानते ही आपको अलविदा कह देंगी और आपका मज़ाक भी उड़ाएँगी हमेशा एक बात याद रखो अगर आप किसी की तारीफ करते हैं तो आप छोटे तो नहीं होंगे तारीफ करना अच्छी बात है तारीफ में हमेशा सच्चाई झलकनी चाहिए बनावटीपन से काम नहीं बनता है। आपकी डेट को भी सच में ढोंग समझा जाएगा एक दूसरे के बारे में थोड़ी निजी बातें भी जान पाएँ। इसे बिलकुल परीक्षा वाला समय नहीं बना देना चाहिए बहुत ज्यादा निजी सवाल भी नहीं करना चाहिए।

5

प्यार बिना शर्त होता है

मैं आपको सबसे पहले ये बताना चाहता हूँ प्यार में कोई शर्त नहीं होती है। प्यार बिना शर्त होता है। प्यार में किसी तरह के प्रश्न नहीं होते हैं। जिस प्यार में प्रश्न होते हैं उस प्यार की ज्यादा लम्बी उम्र नहीं होती है। मैं आपको इस विषय में एक छोटी सी कहानी बताना चाहता हूँ मैंने खुद अपनी आँखों से दो दिलों को टूटते हुए देखा है।..................

कॉलेज के वो दिन मुझे अच्छी तरह याद हैं। जब रवि और मैं साथ साथ एक ही क्लास में पढ़ा करते थे। अक्सर हम दोनों मिलकर मज़े करते थे लेकिन एक लम्हा वो आया रवि कुछ खोया–खोया सा रहने लगा हरपल वह क़िसी सोच में पड़ा रहता था जब कॉलेज छूटता था तो वह रूम नम्बर फाइव की तरफ देखता रहता था वह कुछ अलग सा रहने लगा था। एक दिन मैंने उससे पूछा "क्या बात है? मैं देख रहा हूँ तुम कुछ दिनों से खोए खोए से रहते हो"। उसने कहा "मैं तो ठीक हूँ मैं कहाँ खोया रहता हूँ।" जब मैंने उस पर ज्यादा ज़ोर डाला तब उसने मुझसे कहा "नम्बर फाइव में दिव्या नाम की लड़की पढ़ती है वह बहुत सुन्दर है और मैं उसे बहुत प्यार करता हूँ लेकिन मैं उससे अपने प्यार का इज़हार नहीं कर पा रहा हूँ।

मैं हँसने लगा। मैंने पूछा "तुमको ऐसा महसूस होता है कि वह तुमको प्यार? करती है।" उसने कहा मालूम नहीं पर मैं उसे बहुत प्यार करता हूँ। मैं दिव्या के बारे में पता करने लगा की वह कहाँ रहती है। वह मेरे दोस्त रवि को पसंद करती है या नहीं लेकिन पता कुछ और ही चला। मालूम

हुआ कि वह किसी और से प्यार करती है। जिसे वह प्यार करती है वह कोई और नहीं था वह मेरी ही कक्षा में पढ़ने वाला इन्टेलिजेंट लड़का विनय था।

दिव्या और विनय एक ही कॉलोनी में रहते थे उनके प्यार के गुपचुप चर्चे भी थे। जब मैंने ये कहानी अपने दोस्त रवि को सुनाई तो वह तड़प उठा क्योंकि विनय और रवि का आपस में कई समय से झगड़ा चल रहा था और वो एक दूसरे के बहुत बडे दुश्मन थे। लेकिन दिव्या की चाह में रवि कुछ भी करने को तैयार था रवि ने फैसला किया की विनय से वह माफी माँगेगा और अब वह कभी भी आपस में झगड़ा नहीं करेगा।

विनय भी काफी रहम दिल था उसने भी उसे उसकी भूल के लिए माफ कर दिया। दोनों दोस्तों ने एक दूसरे से हाथ मिलाया और आपस में गले मिलकर अपना–अपना शिकवा दूर किया। अब वो दोनों एक अच्छे दोस्त हो गए थे। वो दोनों दोस्त साथ रहने लगे थे। मैं बहुत खुश था। धीरे धीरे रवि और विनय का साथ उठना बैठना शुरू हो गया था।

विनय जब अपनी प्रेमिका दिव्या को देखता था तब उसके साथ रवि भी होता था दिव्या की नज़रें रवि पर पड़ने लगी थीं और विनय दिव्या के प्यार में डूबा हुआ था। जब कभी विनय नहीं होता था तब भी रवि दिव्या को देखता रहता था। सिर्फ एक अच्छे दोस्त के नाते दिव्या भी उसे तब तब देखती थी। दिव्या भी विनय को बहुत चाहती थी। उसके लिए हरपल बेकरार रहती थी। ये सिलसिला यूँ ही चलता रहा................

लेकिन एक दिन वो आया जब रवि विनय के साथ नहीं था। और रवि रूम नम्बर फाइव के सामने दिव्या को देख रहा था। दिव्या भी उसे गौर से देखने लगी थी। रवि उसको देखते–देखते कहीं खो गया था उसे बिल्कुल फिक्र नहीं थी कि कोई मेरे आस पास है। तभी अचानक वहाँ पर विनय आता है। रवि को देखकर उसके करीब पहुँचता है। वह वहाँ देखता है दिव्या भी क्लासरूम से उसे गौर से देख रही है। दिव्या ने जैसे ही विनय को देखा एकदम सटपटा गई।

विनय रवि का हाथ पकड़कर उसे कॉलेज के मैदान में ले गया और आपस में वो दोनों दोस्त अपनी अपनी बातें करते रहे.............

कॉलेज छूटने का समय होता है। दिव्या अपने क्लास रूम से बाहर आती है। और विनय के गले से लिपट जाती है। लेकिन उसकी निगाहें रवि की तरफ थीं इस तरह की वारदात काफी समय तक चलती रही। विनय सोच में पड़ गया वह अलग अलग सा रहने लगा उसके चेहरे पर साफ नज़र आने लगा कि वह तनाव में जी रहा है। वह दिव्या से भी थोड़ा सा खफा खफा रहने लगा लेकिन क्यों? ये दिव्या भी समझ नहीं पा रही थी। कॉलेज में फंक्शन होने को था। जब कॉलेज में फंक्शन का दिन आया। फंक्शन में दिव्या ने भी हिस्सा लिया था कॉलेज के सारे स्टूडेंटस और अध्यापक गण बैठे हुए थे। दिव्या अपनी कविता पढ़ने के लिए स्टेज पर पहुँची तो रवि बस उसी को देख रहा था लेकिन विनय अपनी नज़रें रवि और दिव्या पर ही टिकाऐ हुऐ था। वह एक पल रवि को देखता एक पल दिव्या को देखता.. ....

दिव्या की नजरें पहले रवि पर जातीं और बाद में विनय पर लेकिन रवि की निगाहें सिर्फ दिव्या पर ही थीं।

फंक्शन खत्म होता है। विनय वहाँ से चल देता है। उसके सामने ठीक दिव्या पहुँचती है। लेकिन वह उसे अनदेखा कर देता है। दिव्या आगे बढ़कर विनय का हाथ पकड़ लेती है। और कहती है "क्या बात है? तुम मुझसे खफा–खफा रहते हो। विनय अपनी जुबान से कुछ भी नहीं कहता है। पर दिव्या बहुत परेशान थी। दिव्या के ज्यादा पूछने पर विनय क्रोध में आकर अपने दिल की बात आखिर कहने लगा था। मुझे ऐसा महसूस होता है कि तुम मुझसे प्यार नहीं करती हो। विनय क्रोध की ज्वाला में जल रहा था। और उसने दिव्या के गाल पर थप्पड़ मारा वह वहाँ से चला गया। दिव्या की आँखों में आसूँ छलक आए।

जब दूसरा दिन आता है तो दिव्या ने विनय से बात करनी चाही लेकिन विनय ने उसकी तरफ देखा भी नहीं। रवि दिव्या की ये हालत बरदाश्त नहीं कर पा रहा था।

रवि ने विनय के करीब जाकर कहा। क्यों दिव्या को सता रहे हो? विनय रवि की तरफ देखकर कहता है मैं उसे नहीं सता रहा हूँ। वह मुझे सता रही है। वो मुझे नहीं वह किसी और से प्यार करती है। रवि कहता

है "तुम्हारा कहने का मतलब क्या है"? विनय कहता है "मेरा कहने का मतलब है कि वह तुमसे प्यार करती है। रवि कहता है "ये क्या कह रहे हो विनय" हाँ मैं सच कह रहा हूँ। विनय क्रोध में कहता है। उस दिन क्लास रूम से तुम्हे देख रही थी मुझे नहीं और फंक्शन में वह तुम्हीं को देखकर अपनी कविता पढ़ रही थी। बेवफा है वो धोखेबाज है झूठ बोलती है वो..................

तभी दिव्या वहाँ आती है क्रोध से उसकी भी आँखें लाल हो गई थीं। विनय से कहने लगी इतने लोगों के सामने मुझे बदनाम और बेइज्जत करने की तुम्हारी हिम्मत कैसे हुई? तुम क्या समझते हो मैं तुम्हें प्यार करती हूँ ये तुम कभी सोचना भी नहीं.................

दिव्या रवि से कहती है "तुम्हें अब किसी भी तरह की बात करने की जरूरत नहीं और इस तरह से दिव्या विनय से दूर हो गई। हौले हौले वक्त गुजरता गया रवि और दिव्या एक दूसरे के अच्छे दोस्त हो गये थे। दिव्या विनय को अपने दिल से बिल्कुल निकाल चुकी थी। एक दिन रवि ने दिव्या को बता ही दिया कि वह उसे बहुत प्यार करता है। दिव्या भी रवि से प्यार करने लगी....................

इस कहानी के माध्यम से मैंने सिर्फ ये समझाने कि कोशिश की है अक्सर ऐसे हालातों से युवाओं को दो चार होना पड़ता है। न सोचते हैं न समझते हैं बेवजह अपने दोस्तों और चाहने वालों पर शक करते हैं लड़ते झगड़ते हैं। ऐसे हालात हमारे रिश्तों में दरार डाल देते हैं। धीरे–धीरे हम अपने प्रिय से दूर हो जाते हैं सवाल करने का नज़रिया बेवफाई का सबब बन जाता है। इसलिए एक बात जो, अहम है जो लोग सोच नहीं सकते वो लड़ते हैं।

हर दिन हम देखते हैं किसी न किसी गली या नुक्कड़ में प्यार का इज़हार होता है, इनकार होता है, इकरार और इंतजार होता है। यहाँ हर पलभर में कोई जीवन भर के लिए आप के साथ जुड़ जाता है जबकि दूसरे ही पल आपसे नाता तोड़कर चला जाता है यहाँ प्यार को पकड़ने का तमाशा आए दिन होता रहता है। हर तमाशे के मुख्य किरदार प्यार करने वाले दो शख्स हैं और देखने वाली सारी दुनिया है। यहाँ सच्चे प्रेम को

कभी–कभी बेवफाई का झटका भी लगता है। कभी फटका भी लगता है तो कभी मुक्का भी लगता है। कभी कभी यही झटके और फटके जीवन को नरक बना देते हैं। आपका हमसफर आपको चूना लगाकर आगे निकल गया फिर भी उसकी महक आपको हरपल महसूस होती है। उसकी छवि आपको चाँद तारों में नजर आती है। सागर की लहरों में वीणा के स्वरों में फूलों में पंक्षियों में हर जगह बस आप उसको ही पाते हैं।

आखिर इसी का नाम ही तो प्यार है। सच्चा प्रेम वही है जिसमें आपका पूरी तरह डूब जाने का मन करता है। जहाँ पर दिल अपना होने के बावजूद भी दर्द पराए सहे जाते हैं।

जहाँ कोई सवाल किया नहीं जाता क्योंकि प्रेम है तो प्रश्न नहीं हैं प्रेम सदा सब कुछ खोने को तैयार होता है। यदि प्रेम नहीं है तो प्रश्न ही प्रश्न हैं।

6

प्यार ही जीवन है

प्यार वह सलोना एहसास है जो संसार के समस्त रिश्तों से ऊँचा और अनूठा है। यह कोमल रिश्ता एक खूबसूरत रहस्य है जिसे आज तक कोई जान नहीं सका। सारे संसार में इसकी खूबसूरती और मधुरता की मिसालें दी जाती हैं।

प्यार के बारे में सदियों से बहुत कुछ लिखा पढ़ा और सुना जाता रहा है। इसके बावजूद इसे समझने में कभी होती रही है। प्यार की विवेचना महान विचारकों ने भी बहुत गंभीरता से की है।

महान विचारक लेमेन्नाइस के अनुसार "जो सचमुच प्रेम करता है उस मनुष्य का ह्रदय धरती पर साक्षात स्वर्ग है ईश्वर उस मनुष्य में बसता है। क्योंकि ईश्वर प्रेम है"।

अगर तुम्हारे पास प्यार है तो किसी और चीज की ज़रुरत नहीं और अगर प्यार नहीं तो किसी भी चीज के होने का कोई मतलब नहीं।

सर जेम्स एम. बैरी

दार्शनिक लूथर के अनुसार "प्रेम ईश्वर की प्रतिभा है और निष्प्राण प्रतिभा नहीं बल्कि दैवीय प्रकृति का जीवंत सार जिससे कल्याण के गुण छलकते रहते हैं"।

प्यार एक ऐसा खूबसूरत अनुभव है जो हमें जिंदगी देता है और एक ऐसी ऊर्जा देता है जिससे हम प्यार के समुन्दर में हिलोरे लेते हैं व अबोध गति से सफलता की सीढ़ियों पर चढ़ते चले जाते हैं। प्यार वो नहीं होता है जिसे

टेलीवीज़न पर या फिल्मों में दिखाया जाता है। प्यार तो एक अंदरूनी अहसास होता है। अक्सर देखा गया है लोग प्यार तो बड़े जोश से करते हैं परन्तु कुछ सालों बाद उनका रिश्ता शक व गलतफहमी के कारण अपनी अंतिम साँसें गिन रहा होता है। अगर आपको अपने प्यार को अंजाम तक पहुँचाना है तथा दुनिया के सामने सच्चे प्यार की एक मिसाल बनना है तो आपको इस रिश्ते में कुछ नयापन लाना होगा हर बार आपको कुछ ऐसा करना होगा हर बार आपको ऐसा महसूस कराना होगा जिससे आपके साथी में आपके साथ जीवन भर चलने का विश्वास मन में आपके प्रति प्यार सदैव बरकरार रहे।

इस प्यारे से रिश्ते को उम्रभर बरकरार रखने के लिए आपको जीवन में कुछ ऐसे सिद्धांत अपनाने होंगे।

- लोगों की बातों में आकर कभी अपने प्यार पर शक करने की भूल ना करें आप अपने साथी से कभी भी झूठ न बोलें। विश्वास को बरकरार रखें। अंत में आपके प्यार की ही जीत होगी।
- इस संसार में हर व्यक्ति गलतियाँ करता है यदि वह गलती करने के बाद उसे स्वीकार कर अपने साथी से माफ़ी माँगता है तो इसका मतलब ये नहीं कि बार बार ताने देकर बीती बातों को उसे याद कराया जाए। हमेशा बीती बातों पर बवाल खड़े करने वाले लोग कभी अपने साथी को खुश नहीं रख सकते हैं। जो बीत गया सो बीत गया उसे भूल जाइये। यदि आपके प्यार में ताकत है तो वह किसी के गुज़रे हुए कल को भुलाकर उसका आने वाला कल बन जाएगा तथा उसे आगे बढ़ने की ताक़त प्रदान करेगा।
- अपने आपको ऐसा ढालें जिससे आपके साथी को आप पर गर्व हो। बगैर कुछ कहे कुछ ऐसी चीज़ मिल जाए जिसकी हम पहले से ही चाह रखते हों तो वह सबसे बड़ा सरप्राइज होता है। रिश्ते को ऊर्जा देने व भावनाओं को कायम करने के लिए उपहार से बेहतर कोई और चीज़ नहीं है।
- अपनी गर्लफ्रैंड के सामने हमेशा प्रोफेशनल बनकर रहना अच्छी बात नहीं है। यदि आप किसी से प्यार करते हैं तो आप उसकी भावनाओं

को समझें। यदि आपके अन्दर अपने साथी को समझने की क्षमता व शक्ति है तो आप दोनों में कभी झगड़ा नहीं होगा।

निष्कर्ष के रूप में यही कहा जा सकता है कि आप भी प्यार के इस रिश्ते को प्यार से सँवारें और अपने व्यवहार में पॉजीटिव बदलाव कर अपने साथी के मन को जीतें।

7

जुदा न होना सच्चे प्यार से

यह हम सभी ने सुना है प्यार अन्धा होता है प्यार ही जीवन है। प्यार ऐसा होता है। प्यार वैसा होता है लेकिन क्या हमने सच्चे प्यार को महसूस भी किया है। जिसे आज भी संसार हीन दृष्टि से देखकर प्रेमियों को हँसी का पात्र बनाता है लेकिन इन बदनाम प्रेमियों में से कुछ प्रेमी ऐसे भी होते हैं जिनका प्यार उनके जीवन को एक नई दिशा देता है व सफलता के द्वार खोलता है।

अक्सर हमने सुना है कि प्यार के चक्कर में पड़कर अच्छा खासा आदमी बर्बाद व नकारा हो गया लेकिन कभी–कभी चाहे अनचाहे हमारे कानों में ऐसे भी किस्से सुनाई देते हैं जिनमें प्यार एक नवप्रेरणा बनकर जीवन की काची माटी को एक नया आकार प्रदान करता है।

आपका साथी समझदार हो

यदि आपका साथी समझदार है तो वो आपकी हर मुश्किलों को हल करके आप का जीवन सँवार देगा। मानव की कौम वैसे भी बहुत बुद्धिमान है लेकिन किस वक़्त पर कौन सा फैसला हमारे हित में होगा इस दाव में अक्सर हम सभी मात खा जाते हैं ऐसी दुविधा की स्थिति में आपका साथी ही आपको सही राह दिखा सकता है। समझदार साथी आपकी हर मुश्किलों को चुटकी में हल करके आपके चुप्पी साधे होठों पर हँसी ला देता है।

प्यार को करलो कुबूल–

प्यार कभी भी किसी को बाध्य करके प्राप्त नहीं किया जा सकता है प्यार कभी थोपा नहीं जाता है यह तो वह एहसास है जो जीवन में किसी के आगमन के साथ खुद ही आता है यह सच है कि सच्चा प्यार इस दुनिया में बहुत कम लोगों को मिल पाता है।

अगर आपको भी अपना सच्चा प्यार मिल गया है जिसने आपके जीवन को खुशियों उमंगों उल्लास व नए सपनों से भर दिया है तो उस साथी को अपने से कभी जुदा न होने दो तथा अपने जीवन साथी को ज़िन्दगी की हक़ीक़त बनाकर अपने प्यार को सदा के लिए अपना लो।

मुश्किलों की धूप में प्यार का साथ–

आदमी जब मुश्किलों से हारकर टूट जाता है तब प्यार उसकी ऊर्जा बन उसे फिर से जीवित करता है। जब दुनिया आप पर नफरत व आलोचनाओं के तीर बरसाती है तब आपका सच्चा प्यार ऐसे वक्त में भी आपका साथ निभाता है। आपके लड़खड़ाए कदमों को फिर से खड़ा करने की हिम्मत व दुनिया का सामना करने की ताक़त देता है।

हर सवाल का जवाब–

अच्छे को बुरा साबित करना दुनिया की पुरानी आदत है। प्यार को दुनिया वाले एक हसीन मज़ाक समझते हैं यदि आप दुनिया वालों के सवालों से परेशान होकर अपने सच्चे साथी का साथ छोड देते हैं तो आप से बड़ा मूर्ख व कायर नहीं होगा। यह खूबी आप में होनी चाहिए कि आप दुनिया के सवालों का जवाब किस तरह से देते हैं। यदि आपका साथी आपकी हिम्मत है आपकी प्रेरणा है तो वही भविष्य में लोगों के हर सवाल का जवाब बन जाएगा।

निंदक मिलेंगे हर जगह–

इस दुनिया में निंदक हर जगह उपलब्ध हैं। अगर आप इन सिरफिरों व चापलूसों के चक्कर में आकर अपने सच्चे प्यार से जुदा होते हैं तो आप बहुत बड़ी मूर्खता करते हैं। इस दुनिया की तो रीति ही है कि वो सच्चे

प्रेमियों की राह में हमेशा बाधा व मुश्किलें पैदा करती है। ये खूबी तो आप में होनी चाहिए कि आप मुस्कुराहट व आत्मविश्वास से कैसे उन लोगों के होंठ सिलते हैं। पास्ट टाइम के जो निंदक होते थे वो लोग केवल बुराई का चिट्ठा ही खोलते थे परंतु आज जमाना बदल गया है नए, जमाने के ये निंदक आपकी प्रतिष्ठा को साधने में एक पल की भी देर नहीं करते हैं इसलिए आप अपने प्यार पर यकीन रखिए अपने दिल की आवाज़ सुनो अपने आपको चापलूसों से बचाऐं।

8

प्यार में बहकते क़दम

अक्सर देखा गया है कि 10+2 के स्टूडेंट प्यार दोस्ती व नए संबंधों के चक्कर में बहक जाते हैं। एक ओर पढ़ाई का तनाव होता है तो वहीं दूसरी ओर प्रियतम को अपना बनाने की लालसा मन में हिलोरे लेने लगती हैं। दिन–रात उसी के बारे में सोचना यादों व ख्वाबों में डूबे रहना, मन ही मन में अपने प्रियतम के लिए महल बनाना होता है।

टीन एज में जो कुछ भी होता है अनुभवों से कम सीखा जाता है यदि इस उम्र में आपके क़दम बहकने से सँभल जाऐं तो आपका भविष्य सुनहरा हो सकता है किशोर मन अक्सर इस परेशानी में बना रहता है कि 'अब आगे मैं क्या करूँ।' अपने करियर पर ध्यान दूँ या चोरी छिपे जिए जा रहे इस नए रिश्ते को दुनिया में एक पहचान दूँ। देखिए प्यार करना बुरी बात नहीं है परंतु यदि आप अपने पैरों पर खड़े नहीं हुए, तो आपका भविष्य अंधकारमय हो सकता है।

ऐसे में आप न तो अपने जीवनसाथी का साथ निभा पाएँगे ना ही उसे खुशियाँ दे पाऐंगे आज के ज़माने में दौलत है तो सब कुछ है अन्यथा कुछ भी नहीं।

मैं आपको एक बात बताना चाहूँगा कि वक्त के साथ–साथ हर एक चीज़ बदलती रहती है। मान लीजिए आज कोई आपको बहुत पसंद है उसके लिए आप सब कुछ करने को तैयार हैं लेकिन जब कल कोई उससे अच्छा व सुन्दर दिखाई देगा तब आप खुद–ब–खुद उसके बारे में सोचने लगोगे। हर फैसले के लिए एक सही उम्र होती है इसलिए जल्दबाजी में लिया गया

निर्णय भविष्य में आपके लिए पछतावे का कारण बन सकता है। आपको पूरा हक है अपने हाथों से अपने सपनों को संजोने का लेकिन कहीं ऐसा न हो कि अपने एक गलत फैसले के कारण आपका प्यार लम्बी दूरी तक आपका साथ नहीं निभा सके। इसलिए जो कुछ भी करें सोच समझकर करें।

कैसे लें सही फैसला–

- सबसे पहले अपनी पढ़ाई पर ध्यान दें क्योंकि वो जीवन भर आपका साथ निभाएगी।
- लोगों के बहकावे में न आएँ खुद सोच समझकर फैसला लें।
- आपका विवेक काम न करे तो विश्वसनीय मित्र की सलाह लें।
- आपका एक गलत कदम आपके व आपके परिवार के लिए नुकसानदेह हो सकता है।
- टीन एज में उठाया गया कोई भी ग़लत क़दम आपके लिए मुश्किलों का कारण बन सकता है।
- अपने दिल की बात अपने परिवार वालों से शेयर करें।

9

कॉलेज में प्यार

बेइन्तहा प्यार तुमसे ही करता हूँ मैं।
एक तुम्ही तो हो जिस पे मरता हूँ मैं।।

हम सभी को अपने कॉलेज के दिन भुलाए नहीं जाते। कॉलेज के दिनों में युवाओं का प्यार परवान चढ़ता है। दोपहर में कैंटीन में बैठकर एक दूसरे को ताकना घंटों तक मोबाइल पर बातें करना पढ़ाई के बहाने बाहर घूमने जाना। आखिर ये प्यार ही तो है–

आखिर वो वक्त भी क्या वक्त था जब हम बेखौफ होकर अपने साथी की बाहों में बाहें डाले रखते थे। उस पर कोई नज़र उठाकर देख ले उसका नक्शा बदल देते थे। यह जोश तो केवल कॉलेज के दिनों में ही होता था।

कॉलेज के लडके लड़कियाँ जहाँ हम उम्र से युवा हो जाते है वहीं विचारों से जोशीले व ऊर्जावान भी होते हैं कभी–कभी तो जोश–जोश में सबके सामने अपने प्यार को प्रपोज़ करने से भी नहीं डरते हैं।

प्यार की आजादी

जब स्कूल की पढ़ाई पूरी हो जाती है तब अचानक कॉलेज में दाखिला लेना होता है जो आजादी का परिचायक होता है। कॉलेज के दिनों में प्यार होना एक तरह से जायज़ भी है क्योंकि यही वह जगह होती है जहाँ नए–नएँ दोस्त और नए–नए संबंध बनते हैं।

देखा गया है कई बार तो सालों से चली आ रही दोस्ती भी इस दौर के आकर्षण व प्यार के आगे छोटी पड़ जाती है। कॉलेज कैंपस में सभी दोस्तों के साथ मिल बैठकर मौज मस्ती करने का व नए दोस्तों के संपर्क में आने का बहाना जो मिल जाता है। स्कूल में तो टाइमिंग के मामले में समझौता होता है मतलब बात घर तक गई समझो और कॉलेज में तो जो होगा निपट लेंगे। कॉलेज में क्लासेस का रेग्युलर नहीं लगाना युवाओं के दिलों में हिलोरे भरते प्यार को अभिव्यक्ति का एक मौका प्रदान करता है।

प्यार और आकर्षण–

कुछ लोग प्यार को आकर्षण का नाम देते हैं। युवाओं में तो अक्सर प्यार की नींव आकर्षण पर टिकी है उनके लिए पहले आकर्षण होता है और बाद में प्यार होता है। लेकिन ये सही नहीं है प्यार तो दिल से होता है फिर चाहें आपका प्रेमी काला गोरा या अमीर गरीब ही क्यों न हो।

माफ कीजिएगा यदि आप प्यार को आकर्षण मात्र ही मानते हैं तो वह प्यार प्यार नहीं बल्कि धोखा है जो किसी शर्त पर किया जा रहा है। कॉलेज में बन सँवरकर आना अपने नोटों की चमक दिखाकर किसी को अपना बनाना वास्तव में प्यार नहीं है।

10

कैसे इम्प्रेस करें अपनी महबूबा को

हर शख्स को अपनी ही तरीफ अच्छी लगती है। अमूमन देखा गया है कि लड़कियों को यह बहुत पसन्द होता है कि कोई उनका अच्छे से ख्याल रखे, उनकी सुन्दरता की तारीफ करे।

पहली दफा जब प्यार किसी से होता है तो आपका दीवाना दिल हमेशा हर बड़ी कोशिश में लगा रहता है कि कैसे अपनी गर्लफ्रैंड को इम्प्रेस करें। इस चक्कर में आप इतने उलझे रहते हैं कि आपको उनकी हर अच्छी बुरी बात के एवज में सिर्फ हाँ का सिर हिलाते हैं चाहे कुछ भी हो लेकिन आपका उन्हें इम्प्रेस करना भी जायज़ है।

आप कुछ भूल न जाए इसलिए आप यहाँ से कुछ टिप्स ले लें।

- जब भी आप उन्हें फोन करें या उनका फोन आपके पास आए तो पहली बात सिर्फ यह कहें कि मैं आपके बारे में ही सोच रहा था, तुम कैसे हो?
- खुदा न खास्ता यदि उन्हें सर्दी जुकाम हो जाए या वो बीमार हों तो उनकी खूब अच्छे से देखभाल करें और कोई बेहतरीन गिफ्ट उन्हें दें।
- अक्सर उनकी सुन्दरता और उनके गुणों के बारे में चर्चा करें और जब तब उनकी तारीफ में कुछ–कुछ लिखते रहें लेकिन यहाँ आपको थोड़ा ध्यान रखने की ज़रूरत है कि आपकी लेखनी कहीं गलत शब्दों का इस्तेमाल न कर जाए।

- हमेशा उनके जोक्स पर हँसिए चाहे वो समझ में आएँ या न आएँ।
- अपने प्यार का एहसास उन्हें बार–बार कराएँ और हो सके तो उन्हें सरप्राइज़ करने का कोई मौका दें।
- उसके साथ डाँस करें। ज़रुरी नहीं है की डाँस फ्लोर ही हो और सामान्य बात के बीच में उसे किस करलें।
- जब आप उनके करीब हों तो सिर्फ अपने और उनके बारे में ही बातचीत करें उन्हें अपने जीवन्त में कुछ अनछुए, और गुदगुदाते पलों से अवगत कराएँ।

ये तो हुई गर्लफ्रैंड को इम्प्रेस करने के लिए कुछ बातें हालाँकि ये बातें सामान्य हैं और आपमें से कई लोग इसे करते भी होंगे लेकिन इन्हें नया रूप दे कर गर्लफ्रैंड को प्रभावित करने का तरीका भी तो आप ही आजमाएँगे है ना।

11

मोहब्बत का अफसाना

कुछ बातें ऐसी होती हैं जिन्हें बार–बार सुनना अच्छा लगता है यदि ऐसी ही कुछ बातों को आप खत की शक्ल में उन तक पहुँचाएँ तो वे उसे बार–बार पढ़ना पसंद करेंगी। ये सच है जब प्यार किसी से होता है तो हर दिन कोई नया फसाना बनता है और आगे बाकी है प्रेम कहानी। हर प्रेमी युगल अपने प्यार को हमेशा अपने साथ रखने का ख्वाहिशमंद होता है हर कोई चाहता है कि महबूब के साथ गुजरे हर पल का लेखा–जोखा उसके पास हो ताकि तन्हाइयों में वह उन पलों को याद करके एक बार फिर उस सुखद अहसास को महसूस कर सके।

लेकिन ये क्या होता है जब आप अपना हाले दिल कागज पर उतारने की कोशिश करते हैं तो समझ में ही नहीं आता है कि कहाँ से शुरू करें? क्या लिखें? आपकी कलम तो अपना काम करने के लिए तैयार रहती है बस शब्द ही नहीं मिलते।

अगर आपने अपना अफसाना लिखना शुरू भी कर दिया तब भी आपको इसे आगे बढ़ाने में मुश्किलों का सामना करना पड़ सकता है। आप अपने अफसाना–ए–मोहब्बत को आसानी से लिख सकें। इस लिए हम आपको कुछ मशविरा देते हैं।

- सबसे पहले इस बात पर गौर फरमाएँ कि आपकी प्रेम कहानी में कुछ खास हो जो आपको बाँधे रखे और आप उसे पढ़ते समय उस दौर को महसूस कर सकें।

- अपने अफसाना–ए–मोहब्बत को विशेष रंगरुप देने के लिए बीच बीच में शेरो शायरी, कविता, गजलें या लव कोलोन का इस्तेमाल भी कर सकते हैं।
- सबसे पहले आपकी कहानी में शामिल होना चाहिए कि आप पहली बार उनसे कब कैसे और कहाँ मिले? उनसे मिलने के बाद आपके दिल ने क्या कहा?
- आपने दोस्ती के लिए उन्हें कैसे प्रपोज़ किया और आपको इस बात का एहसास कब और कैसे हुआ कि आप उनके प्यार में डूब चुके हैं?

12

एक यादगार लम्हा

कुछ यादें ऐसी होती हैं जो हमेशा ताजा रहती हैं कुछ लम्हे ऐसे होते हैं जो ज़िन्दगी के साथ–साथ चलते हैं। किसी व्यक्ति को चाहना उसे प्यार करना दुनिया की सबसे सुखद अनुभूति है। हर पल जो किसी के प्यार में पागल है उसे ये अनुभूति गुदगुदाती है और उसे भी जिसके लिए कोई पागल है। कुदरत के बनाम इस हसीन जलवे को जिसने अपने दिल में जज़्ब किया है केवल वो जानता है इसका मधुर एहसास केवल उसे पता है कि क्या होता है। जब वो आँखों से दूर हो जाएँ कितने तन्हा होते हैं दिन रात उनके बगैर कितनी तेज रफ्तार से दौड़ता है समय जब वो करीब हों और कितनी टीस उठती है उनके जुदा होने के ख्याल भर से,,,,,,?

हर प्रेम करने वाला जोड़ा यही चाहता है कि हम कभी भी जुदा न हों लेकिन इस प्यार की दुनिया में ऐसे भी सवाल खड़े हो जाते हैं जिनका फैसला करना बहुत मुश्किल होता है। इसलिए इस निहायत ही नाजुक सुंदरतम एहसास को सएजकर रखना दोनों की बराबर जवाबदारी है। क्योंकि एक जरा सी गलत फहमी या हरकत आपके मन में दरार पैदा कर सकती है। इश्क के भी कुछ नियम कायदे कानून होते हैं, कुछ उसूल होते हैं जिन पर चलकर आप अपनी मोहब्बत को लंबी उम्र दे सकते हैं अपने आशिक की भावनाओं की कद्र करना उनमें सबसे पहला उसूल है। माना की कई बार कुछ गलत बातें हो सकती हैं लेकिन इस परिस्थिति को प्यार से टालने की कला आपको आनी चाहिए।

हर एक आशिक अपनी मेहबूबा का चुंबन लेने के लिए बेताब रहता है। और चुंबन लेने के लिए वह अपनी महबूबा से इजाजत भी लेता है लेकिन बड़ी बेदर्दी से उनके हर प्रस्ताव को ठुकरा दिया जाता है। अब जनाब बात ये आती है कि यदि आप सच में उनसे बेपनाह मोहब्बत करते हैं तो उनसे उनकी इजाजत की जरूरत क्या थी आपको तो बस मौका और उनका मूड तलाशना था। बाकी तो सब अपने आप ही हो जाता है।

इस तरह की गलती अक्सर लड़के कर दिया करते हैं। ये सोचकर की कहीं उनकी गर्लफ्रैंड बुरा न मान जाए और यही वो गलती कर जाते हैं क्योंकि लड़कियाँ चाहे खुद पहल न करें लेकिन उनके मन में भी कहीं न कहीं ये जज़्बात छिपा होता है। यदि लड़के इस तरह से पूछकर कोई पहल करना चाहते हैं तो हमेशा उन्हें जबाब न में ही मिलेगा।

लड़कियाँ ऐसा क्यों करती हैं? इसके अलग–अलग कारण हो सकते हैं। हो सकता है वो आपका आत्मविश्वास परख रही हों या ये भी हो सकता है उन्हें अचानक से चुंबन ले लेना या बाहों में भर लेना अथवा लटों या उनकी इच्छा आपको चूमने की हो लेकिन आप क्या सोचेंगे ये सोचकर न बढ़ रही हों कारण कुछ भी हो सकता है।

हर प्रेमी प्रेमिका अपने साथी को किस करना चाहते हैं। जब प्रेमी प्रेमिका पहली बार एक दूसरे का चुंबन ले रहे हों तो दोनों का हड़बड़ाना स्वाभाविक है। अक्सर हम चुंबन दृश्य देखते हैं लेकिन उनके तरीके के सही होने में संदेह है। यह बात महत्त्वपूर्ण नहीं है कि आप पहली बार किस कर रहे हैं या कई बार कर चुके हैं। महत्वपूर्ण यह है कि क्या आप दिलकश किस कर पाते हैं? जो आपकी दिल की धड़कन को बढ़ा दे और आपके साथी को आपके बारे में दिन रात सोचने पर मजबूर कर दे।

अपने किस को यादगार बनाने के लिए आपको हम कुछ टिप्स दे देते हैं।

- जब प्रेमी मुलाकात खत्म करके अपने अपने लक्ष्य की ओर जा रहे हों तो किस करने का बेहतरीन समय होता है। इसे गुडबाय किस कहते हैं। पहली बार किस करने का इससे बेहतर बहाना दूसरा कोई और नहीं हो सकता है।

- किस करने में अमूमन प्रेमिकाएँ पहल नहीं करती लेकिन वे अपने हाव भाव उसे किस करने का निमंत्रण ज़रूर देती है जिसे प्रेमी को समझना आवश्यक है। जैसे यदि प्रेमिका कुछ अधिक नेत्र सम्पर्क बनाए सटकर बैठे और बार–बार अकारण ही आपको छू ले तो समझ लीजिए कि वह किस चाहती है।

- हर व्यक्ति के किस करने का अपना एक खास स्टाइल होता है और जब उस खास स्टाइल को इन टिप्स के साथ अमल में लाया जाए तो किस यादगार और दिलकश होगी। पहली किस सिर्फ कुछ क्षणों का होनी चाहिए वैसे इसका कोई निश्चित समय तय नहीं है। जब आपके होंठ आपके साथी के होंठ को स्पर्श कर जाएँ तो कुछ सेकण्ड बाद आहिस्ता से अपने होंठ अलग करलें।

13

प्यार और टेंशन

मोहब्बत का मार्केट हमेशा से ही गरम रहा है। शायद हिन्दी फिल्में भी सर्वाधिक प्रेम कथाओं को लेकर ही बनी हैं। अक्सर लोगों में देखा गया है कि प्यार नहीं मिला तो टेंशन और मिल गया तो टेंशन कुछ लोगों का कहना होता है प्यार हमेशा उसी से क्यों होता है जो कभी हमें मिल नहीं सकता?

लेकिन मैं उन्हें बताना चाहूँगा की ऐसी बात नहीं है मेरे दोस्त कि सभी को जिससे प्यार होता है वो उन्हें नहीं मिलता है। हाँ ये क़ह सकते हो की काफी लोगों को उनका प्यार नहीं मिलता है। पर कुछ लोगों को उनका प्यार मिल भी जाता है मैं मानता हूँ कि वो लोग कम होते हैं। पर होते जरूर हैं। मैं सोचता हूँ उन लोगों के साथ कुछ हो जाता है इसलिए उनकी ऐसी सोच बन जाती है। पर हिम्मत रखो दोस्त हमें नहीं मिला प्यार तो क्या भगवान करे जो भी लोग सच्चा प्यार करें उन्हें उनका प्यार जरूर मिले।

कुछ लोगों को इस बात की चिन्ता होती है मेरा प्यार कहीं मुझे छोड़कर न चला जाए। कुछ लोग प्यार करने के बाद कहते हैं यार ज़िन्दगी में तूफान आ गया कुछ लोग कहते हैं यार प्यार के बिना ज़िन्दगी खाली खाली लगती है।

पता नहीं किसने कहा था कि प्यार टेंशन पैदा करता है और सेक्स उसे दूर करता है। आइए जानते हैं प्यार में टेंशन क्यों होता है।

गलत सोच

यह धारणा भी कितनी गलत है कि जोड़े स्वर्ग में तय होते हैं रहस्य और मनोविज्ञान को जो लोग मानते है तो वे शायद ऐसा नहीं कहेंगे शादी के बारे में आमतौर पर ऐसा कहा जाता है यह एक ऐसा लड्डू है जिसे खाने वाला भी पछताता है और न खाने वाला भी समझदार व्यक्ति ऐसी बेवकूफी भरी कहावत पर शायद ही विश्वास करे रॉबर्ट एप्सटेन ने कहा था कि किसी भी व्यकित के प्रति छह माह में प्यार जगाया जा सकता है। इसका यह मतलब हुआ कि प्यार होता नहीं किया जाता है।

लव सिकनेस

कुछ डॉ० अपने शोध के आधार पर कहते हैं कि प्यार एक बीमारी है और इस बीमारी का इलाज है सिर्फ सेक्स। यदि प्रेम के इजहार का मौका नहीं मिलता तो बीमारी और बढ़ जाती है। हो सकता है कि वे गुस्सा अवसाद या किसी अन्य मानसिक रोग से ग्रस्त हो जाए इसे लव सिकनेस कहते हैं।

बेवफाई का डर

वैज्ञानिकों का कहना है कि यदि इजहार कर ही दिया तो फिर नया खेल शुरू होता है जो कुछ अच्छे एहसास के साथ चलता है। लेकिन फिर धीरे–धीरे उसमें टेंशन पैदा होने लगती है। बेवफाई का सामना करना पड़े तो फिर दिल के दौरे की संभावना बढ़ सकती है। बशर्ते कि आप अपने प्रेमी या प्रेमिका से कितने जुड़े हैं यह इस पर तय होता है।

लेकिन यह भी सच है तमाम शोध और तमाम बेवकूफी भरे सवाल प्यार की ताकत को झुठला नहीं सकते और न ही उसे सेक्स से जोड़ सकते हैं। सेक्स आपके जीवन का अहम हिस्सा हो सकता है लेकिन प्यार का मकान उससे कहीं ऊँचा है। प्यार को प्यार के तरीके से किया जाए तो टेंशन नहीं होती है प्रेम को किसी गलत वजह से नहीं करना चाहिए।

14

प्यार में वादा निभाना

एक प्रेमी जोड़ा जब सालोंसाल एक दूसरे की चाहत में डूबा रहता है तब उन्हें ऐसा लगता है कि जीवन में कैसा भी तूफान क्यों न आ जाए हम जुदा नहीं होंगे। हम एक दूसरे का साथ नहीं छोड़ेंगे। समाज परिवार धर्म और वर्ग आदि की सीमा आगे बढ़ने से नहीं रोक पाँएगी। हर एक प्यार करने वाले जोड़े का यही ख्याल होता है लेकिन मैं बताना चाहूँगा कि अपने किए हर वादे को निभाना आसान नहीं होता है। वादा निभाने के लिए हिम्मत चाहिए। हम आसानी से वादे करते चलते हैं। लेकिन उन्हें निभाने में कितनी मुश्किल आती है। हमारी कही बात की एक कीमत होती है। हमें उसकी कीमत चुकानी होती है। हम उसे कैसे चुकाते हैं? उसी पर हमारी पहचान होती है। हम वादे कैसे निभाते हैं। उसी उसे हमारी शख्सियत तय होती है। वही हमारे रिश्तों को भी तय करती है। आखिर वादे तो हमारी प्रतिबद्धता का आइना होते हैं हमारा कोई रिश्ता तब तक नहीं चल सकता जब तक हम अपने कहे पर टिकते नहीं।

हमारी बात में जब वजन नहीं होगा तो रिश्ते मजबूत कैसे हो सकते हैं? कोई हमारी बात को मानेगा कैसे? अगर कोई बात ही नहीं मानेगा तो हमारी हैसियत ही क्या रह जाएगी?

बाबा तुलसीदास की यह पंक्ति तो हमारे ज़हन में बस गई है।

रघुकुल रीति सदा चली आई।
जान जाए पर वचन न जाई।।

हमें अपने वादों को सोच समझकर करना चाहिए। अगर हम वादा करते हैं तो पलटने का कोई मतलब नहीं है। अगर वादा किया तो निभाना। खासतौर उसे प्यार करने वालों के लिए प्यार में वादा निभाना एक परीक्षा के समान होता है। क्योंकि देखा गया है जब प्यार में कोई बाधा आती है तो प्यार करने वाले जान देने का वादा करते हैं लेकिन कई बार ऐसा होता है कि परिवार वालों के इच्छुक न होने और धमकी से कोई एक व्यक्ति? पीछे हट जाता है। कभी अपनी माँ तो कभी समाज का दबाव बताकर साथ छोड़ देता है। उस समय दोस्तों रिश्तेदारों परिवारजनों को उतना आश्चर्य नहीं होता जितना की ठुकराए गए साथी को।

क्योंकि ठुकराए गए साथी ने ही उस बेवफा की चाहत को पूरी शिद्दत से महसूस किया है जाना है। उस बेवफा ने उससे हजारों बार कसमें ली हैं उसके कदमों में गिरकर प्यार की भीख माँगी है। हमेशा प्यार बरसाते रहने की मिन्नतें की हैं। और आज वह बड़ी आसानी से अपनी कोई मजबूरी दिखाकर पीछे हट रहा है। इसे ठुकराया हुआ साथी कैसे बर्दाश्त करे। इसलिए इस प्रकार के निर्णय से वह बेहद विचलित हो जाता है। उसका दिल बुरी तरह से टूट जाता है। और फिर मानसिक संतुलन बिगड़ने लगता है। वह जीवन से निराश होकर आत्महत्या तक की कोशिश कर डालता है। एक व्यक्ति के लिए वह प्यार जो वरदान था अभिशाप बन जाता है। और क्या होता है उठ जाते हैं तमाम सवाल कुछ इस तरह.....................

- क्या इस प्रकार ठुकरा दिऐ जाने पर अपनी जिन्दगी को तबाह कर लेना चाहिए?
- एक ऐसा व्यक्ति जिसने आपको ठुकराते हुए रत्ती भर भी आपकी परवाह नहीं की क्या उसके लिए बाकी का जीवन भी भेंट कर देना सही है?
- उस बेवफा की चाहे जो भी मजबूरी रही हो भावनाओं की इतनी लम्बी राह साथ तय करने के बाद इस प्रकार बीच से उसका भाग खड़ा होना माफ किया जा सकता है।

ऐसे लोगों से प्यार की भीख माँगना गुहार करना किसी भी तरह जायज नहीं है। उसके किरदार के बारे में बात करने की जरूरत नहीं है। अगर वह अपने घरवालों के भावुक फैसले का सम्मान करता है तो इसका सीधा मतलब है वह अपने साथी उसे ज्यादा अपने परिवार को तवज्जो देता है। उसे आपकी नहीं केवल अपनी परवाह है। जब इस तरह एक प्रेमी किसी निजी बहाने को आधार बनाकर बेवफाई करता है तो उसे बार बार संपर्क नहीं करना चाहिए उसे तय करने पर कई बार यह कहकर पीछा छुड़ा लेता है कि कुछ साल इंतजार करो सब ठीक होते ही हम एक साथ हो जाएँगे क्या इन वादों पर भरोसा करना समझदारी होगी जो शख्स सालों से दोहराते वादे को नहीं निभा सका वह अब कर रहा वादा कैसे निभाएगा। वह जा चुका है यह मान लेने में ही आपकी भलाई है।

किसी के लिए अपना जीवन समर्पित करने में कोई बुराई नहीं है लेकिन उसके लिए जिसकी नियत सही हो। याद रखो जीवन में जब कोई भ्रम टूटता है तो उससे निराश होने के बजाय खुद को आशाओं से भरना चाहिए जो कुछ बच पाया है और आगे बढ़ सकता है। उस पर खुश होना चाहिए जिसने सच्चाई' से अपनी मोहब्बत को निभाया है। उसे जरूर उसका कद्रदान मिलेगा। जिसने गलत ढंग से दिल तोड़ा है उसे कभी सच्ची मोहब्बत नसीब नहीं होगी।

जीवन की सच्चाई को कुबूल करते हुए आगे बढ़ना ही आज का लवमंत्र है। अपनी ज़िन्दगी अपने समय का सम्मान करें।

15

प्यार आत्मा की एक जान

प्यार एक पूजा त्याग और बलिदान है ये सिर्फ तन तक सीमित नहीं है। मन और आत्मा तक गहरा जाता है। उसे प्यार कहते हैं जिसकी आग तो बुझ जाती है मगर मन की आग बुझती नहीं।

शेक्सपीयर ने प्रेमी पागल और कवि तीनों को एक ही श्रेणी में रखा है। तीनों चन्द्रमा की किरणों से प्रभावित होते हैं कल्पना लोक के वासी होते हैं सच्चा प्रेमी दिल से काम लेता है दिमाग से नहीं इसलिए वह प्रेम के खातिर दुनिया से लड़ने को तैयार हो जाता है। वह प्रेम में पागल रहता है अपने साथी से मिलने, उससे अपने दिल की बातें कहने की बेचैनी उसमें बेइंतहा होती है। वह अपने प्रेम को गुप्त रखना चाहता है। बदनामी से बचना चाहता है। पर बाद में वह इसकी भी परवाह नहीं करता है।

इसलिए कहते हैं प्रेम किसी एक व्यक्ति से हमारे संबंधों का नाम नहीं है। यह एक दृष्टिकोण है एक चारित्रिक रुझान है जो व्यक्ति के साथ–साथ पूरी दुनिया से हमारे संबंधों को अभिव्यक्त करता है। वह केवल एक लक्ष्य और उसके साथ के संबंधों का नाम नहीं है। यदि एक व्यक्ति केवल एक व्यक्ति से प्रेम करता है तो और सभी व्यक्तियों में उसकी रुचि नहीं है। तो उसका प्रेम प्रेम न होकर उसके अहं का विस्तार मात्र है। ज्यादातर लोग यही समझते हैं कि प्रेम एक लक्ष्य है न की एक क्षमता। वे समझते हैं कि वे भूल भी करते हैं कि यदि वे केवल अपने प्रेमी या प्रेमिका से ही प्रेम करते हैं तो यह उनके प्रेम की गहराई का प्रतीक है। इसका मतलब है कि वे प्रेम को एक गतिविधि के रूप में आत्मा की एक शक्ति के रूप में नहीं देखते।

उन्हें लगता है कि एक प्रेमी या प्रेमिका होने का अर्थ है प्रेम को पा लेना यह बिलकुल वैसी ही बात है जैसे की व्यक्ति चित्रकारी करना चाहता है। और समझें कि उसे केवल एक प्रेरक विषय की जरूरत है। जिसके मिल जाने पर वह स्वतः ही बढ़िया चित्रकारी कर लेगा। अगर मैं किसी एक व्यक्ति से सचमुच प्रेम करता हूँ। तो मैं सभी व्यक्तियों से प्रेम करता हूँ। प्यार करने का अर्थ यह है कि मैं उसके माध्यम से पूरी दुनिया और पूरी ज़िन्दगी से प्यार करता हूँ।

16

पल दो पल का साथ

कहा जाता है किसी चीज को समझने के लिए सिर्फ एक पल ही काफी होता है एक पल में प्यार होता है तो वही एक पल में दिल टूट भी जाता है हर व्यक्ति का प्यार करने का अपना अन्दाज़ जुदा होता है। कुछ लोगों के साथ आप बहुत ही सरलता से सारी बातें कर लेते हैं। लेकिन कुछ लोगों से आपको बातें करने में कठिनाई आती है। खासतौर से अपने प्यार का इज़हार करने में कठिनाई का सामना करना पड़ता है। एक पल ही होता है जब किसी का अच्छा लगना होता है और उससे आप प्यार करने लगते हैं और एक पल में ही आप जुदा भी हो जाते हैं दिल का तो बस यही संदेश होता है।

कुछ मीठे पल हमेशा दिल को सजाते हैं
पलकों पर खुशी, के आंसू छोड़ जाते हैं।
कल कोई और मिले तो हमें न भुलाना।
कुछ रिश्ते ज़िन्दगी भर काम आते हैं।

एक बहुत ही खूबसूरत और इंटेलिजेंट लड़की थी। भोला भाला सीधा साधा एक लड़का उस लड़की से प्यार करने लगा। और धीरे–धीरे वो लड़की भी उस लड़के से प्यार करने लगी। दोनों साथ मिलकर अपने लिए खूबसूरत ख्वाब सँजोने लगे। पर कुछ दिनों के बाद पता ये चला कि उस लड़की का अफेयर किसी दूसरे लड़के के साथ चलने लगा है। वह लड़का जो पहले प्यार करता था। वह बहुत गहरे सदमे में हो गया और दूसरों से सम्पर्क रखना छोड दिया। वो कोई और लड़का नहीं था। वो बदनसीब मैं खुद हूँ।

अक्सर ऐसे मामले हम सभी के सामने आते हैं जब ब्रेकअप होने का सदमा लड़के या लड़कियाँ बर्दाश्त नहीं कर पाते। दरअसल प्यार होना जितना अप्रत्याशित होता है उतना ही अप्रत्याशित उसका ब्रेक होना भी।

पहली बात प्यार के लिए कोई प्लाानिंग नहीं होती है इसके लिए कोई शर्त नहीं होती है और नही कोई वजह होती है। अगर आपके प्यार में इन तीनों में से कोई भी बात हो तो यह बात अच्छे से समझ लीजिए कि वहाँ प्यार नहीं है अगर प्यार नहीं है। तो उसके आने और जाने का क्या मतलब। ऐसे प्यार के लिए निराश होने की भी जरूरत नहीं है।

दूसरी जब आपके प्यार में शर्त नहीं है तो अब किस बात की शर्त या ईगो। क्या आपने प्यार के पहले कई बातें तय की थीं। मसलन ये करना है ये नहीं करना है। उससे बात करनी है उससे नहीं करनी है। तो आपके प्यार की वजह तय की हुई थी और वजह खत्म होने के कारण प्यार भी आप से दूर चला गया।

ब्रेक अप होने के बाद निराश होने की जरूरत नहीं है ये सोचें सही समय पर हो गया। बाद में ऐसा होता तो आपको ज्यादा निराशा होती व्यक्ति की पहचान जितनी जल्दी हो जाए उतना ही बेहतर है।

ब्रेक अप होने पर अपना ध्यान दूसरे सकारात्मक कार्य में लगाएँ और अपने को व्यस्त रखें। वैसे गलतियाँ करना मनुष्य की अपनी आदत है। अगर गलतियाँ हो गई हों तो उसके लिए माफी माँग लें माफी माँगने से आधे अवसाद खुद–ब–खुद खत्म हो जाते हैं।

खूबसूरत गलतियाँ करने से कभी मुँह न मोड़ें गलती करते समय किसी वजह की तलाश न करें न ही उससे कोई शर्त रखें।

17

शादी और अफेयर

कहते हैं इश्क कब कहाँ और किससे हो जाए ये कोई नहीं जानता दिन–ब–दिन स्वार्थ व हिंसा और वासना के चंगुल में फँस रही दुनिया को प्रेम की आवश्यकता सदा से रही है। मनुष्य में प्रेम की प्यास कभी कम नहीं हुई है।

क्रूर से क्रूर आदमी के भी हृदय के किसी कोने में प्रेम का झरना बहता रहता है। कई बार तो उसके प्रति किसी के द्वारा की गई क्रूरता उसे क्रूर बना देती हैं कितनी ही बार प्रेम में मिला धोखा व्यक्ति को सिनिक या सेडिस्ट बना देता है।

शादीशुदा स्त्री और पुरुष जब इश्क के चक्कर में पड़ते है तो कई जिंदगियाँ दाँव पर लग जाती हैं और हाथ आती है सिर्फ बदनामी। मर्दों का कहना है कि शादी के बाद हम जानबूझकर मोहब्बत के जंजाल गें नहीं फँसते पता ही नहीं चलता कब दिल अपनी हदें पार कर पत्नी के पल्लू से निकलकर प्रेमिका की जुल्फों में अटक जाता है पर ये तर्क सही नहीं है।

बेवफाई का डर

पत्नी के अलावा किसी और महिला से शारीरिक संबंध बनाना ही बेवफाई नहीं है। इन्टरनेट पर रोमांस करना भी बेवफाई है। डेटिंग साइट पर ज्यादातर शादीशुदा मर्द ही सरफिंग करते हैं, नैन चाहे जीती जागती कुड़ियों से लड़ें या ऑनलाइन वेब से अफेयर तो अफेयर है।

अपनी शादी को दें रिश्ता

पति पत्नी का रिश्ता एक ऐसा रिश्ता है जिसे अनेक जिम्मेदारियों के साथ एक दूसरे को समझते हुए कुछ निभाना होता है। इसके अलावा यदि किसी अन्य रिश्ते की बात करें तो उससे शायद एक ही परिवार प्रभावित होता है। विवाह सफल अपने आप नहीं होते इसके लिए लगातार जतन करने पड़ते हैं बस चाहिए थोड़ी सी इच्छाशक्ति। यदि शांत व वैवाहिक जीवन की कामना करते हैं तो पत्नी को एकमात्र साथी बनाएँ।

सब कुछ कहना जरूरी नहीं

प्यार एक ऐसी चीज है। जिसमें हर बात कहने की जरूरत नहीं होती है। यदि हर बात आपको बोलकर ही समझाना पड़े तो बताइए वह क्या प्यार हुआ भला। आप उसके लिए बिना बताए जितना करेंगे उसकी खुशी उतनी ही बढ़ती जाएगी। डेट पर सिर्फ प्रेमिका के साथ ही जाया जाए यह किसी प्रेम शास्त्र में नहीं लिखा है। पत्नी को कम से कम सप्ताह में एक बार डेट पर जरूर ले जाएँ।

अश्लील बातों और किताबों का त्याग करें

अश्लील किताबें पढ़ना या ब्लू फिल्में देखना ठीक वैसे ही है जैसे पत्नी की मौजूदगी में प्रेमिका से इश्क लड़ाना। पोर्न साहित्य देखने–पढ़ने से आपकी उम्मीदें पत्नी से बहुत बढ़ जाती हैं। आपकी कल्पना में परफैक्ट फिगर वाली सेक्सी मॉडल आने लगती है जिनकी तुलना जाने अनजाने आप अपनी पत्नी की कम परफैक्ट से करने लगते है। धीरे–धीरे पत्नी से मन उचटने लगता है।

थोड़ा रोमांटिक बने

रोमांटिक हसबैंड बनने के लिए ज्यादा मेहनत नहीं लगती है। दिन में एक बार उन्हें एक प्यार भरा एस एम एस या ई–मेल करें। हफ्ते दस दिन में आई लव यू का छोटा सा खत या कार्ड दें। रोमांस करने के लिए कभी कभार फूलों ा सहारा लें या उनकी पसंद का कोई गिफ्ट दें।

उसकी तारीफ कीजिए

आमतौर पर हसबैंड इन बातों में जीते हैं कि अगर वह अपनी पत्नी की ज्यादा प्रशंसा करते हैं या कह सकते हैं ज्यादा प्रेम प्रदर्शन से पत्नी सिर चढ़ जाएगी। जी नहीं ऐसा बिलकुल नहीं है। स्नेह प्रर्दशन पति पत्नी के जुड़ाव को मजबूत बनाता है इसलिए माचो स्टाइल त्याग कर यदा कदा ही सही चुंबन आलिंगन के माध्यम से प्यार दर्शाते रहें। ये छोटे छोटे प्रयत्न आपके शादीशुदा जीवन की मजबूत नींव होंगे।

18

प्रेमियों की नजरें क्या देखती हैं

आज के हाईटेक जमाने में प्रेम मन से बढ़कर तन या धन से अधिक प्रभावित हो गया है। लेकिन जहाँ मन नहीं वहाँ प्रेम नाम एक समझौता है। दुनिया में एक तरफा प्रेम और विदेह प्रेम (प्लेटोनिक लव) के भी उदाहरण मिलते हैं। कई लोग प्लेटोनिक लव को आत्मिक लव मानते हैं जिसमें व्यक्ति एक दूसरे के प्रति आजीवन लगाव व सम्मान रखता है। पर सब कुछ अप्रकट रूप में सामान्यतः **मजबूरी के जाए ये प्रेम प्रसंग** प्रेम की उच्चता को कायम रखते हैं।

जो लोग प्रेम करते हैं वे मानते हैं कि ऐसे लोगों के लिए दरअसल एक दूसरे की इच्छाएँ और आकांक्षाएँ ही मायने रखती हैं। वे कभी आपस में शारीरिक आकर्षण नहीं देखते हैं।

महिलाएँ अपने प्रेमियों में गुस्सेदार व्यक्ति नहीं देखना चाहती। यदि ऐसा होता है तो वे हैरान होती हैं कि आखिर उसे क्या हो गया है। महिलाओं का मानना है कि उनका प्रेमी ऐसा नहीं हो सकता। वह किसी दूसरी महिला से प्यार नहीं कर सकता है। पर उन्हें नहीं मालूम आखों की पुतलियाँ भी एक जगह स्थिर नहीं रहती हैं अगर आज वह तुमसे प्यार करता है तो किसी और से भी कर सकता है।

मनोविश्लेषक गीतिका कपूर कहती हैं "कोई भी महिला या पुरुष सदा एक जैसा नहीं रह सकता सबके मन व इच्छाओं में उतार चढ़ाव आते रहते हैं। इसलिए प्रेम में बाहरी सौंदर्य अधिक दिन नहीं चलता है। यह अन्तर सम्बंधों की बात है। मनोचिकित्सक भी मानते हैं कि अक्सर हम खुद को

स्थिर बनाए रखने के लिए हमेशा एक स्थिर रहने वाला साथी तलाश करते हैं। जबकि हर व्यक्ति की भावनाएँ अलग अलग समय पर अलग होती हैं, संबंधों में कई बार खटास आ जाती है। लेकिन यदि स्त्री पुरूष एक दूसरे से सच्चा प्रेम करते हैं व उनमें सम्मान की भावना है तो उनका प्रेम और आकर्षण बना रहता है। यह जानने के लिए पहले प्रेम में पड़ना जरूरी है। गीतिका कहती हैं हालाँकि यह बहुत आसान नहीं लेकिन प्रेम के आधार पर बना संबंध बहुत कम खराब होता है।

19

हाल–ए–दिल

मैंने तुम्हारे सिवा कभी किसी को नहीं चाहा। मेरी ज़िन्दगी में कोई और नहीं है। मैंने आज तक जो कुछ भी कहा है वो सब सच है। मैंने कभी भी तुम्हें धोखा देने के बारे में नहीं सोचा। अगर तुमने मुझे प्यार नहीं किया तो मैं पूरी ज़िन्दगी अपने आप से नफरत करता रहूँगा। तुमको हर्ट करके मैं सुख से नहीं रह सकता।

प्रेम करने वाला जोड़ा अक्सर ऐसे हालात से गुज़रता है। अपना हाल–ए–दिल लव लेटर या अपने कौल में इस्तेमाल करता है। पर एक बात हमेशा याद रखो अगर कोई तुम्हें नहीं चाहता है तो उदास न हो नुकसान उसका है तुम्हारा नहीं तमाम लोगों का यही कहना है।

जो हँसाता है वो दोस्त होता है
जो रुलाता है वो प्यार होता है
जो झुकता है वो दोस्त होता है
जो झुकाता है वो प्यार होता है
जो मनाता है वो दोस्त होता है
जो सताता है वो प्यार होता है

मानव मन व मानव प्रकृति बहुत जटिल है इसलिए मानवीय व्यवहार के बारे में अंतिम रूप से कुछ कह पाना कठिन है। फिर भी इस बात से इनकार नहीं किया जा सकता है कि सुख बाँटेंगे तो सुख मिलेगा प्यार बाँटेंगे तो प्यार मिलेगा इसलिए प्यार बाँटते रहो। दूसरी ओर यदि प्यार मिले तो उसे भी झोली में सहेज लो।

20

प्यार का सिग्नल

कहा जाता है प्यार का अफसाना निगाहें बयान करती हैं। आप से अगर कोई बहुत प्यार करता है तो कैसे जानेंगे उसके मन की बात। प्यार में अक्सर ऐसा होता है। न आप खुलकर पूछ पाते हैं न कह पाते हैं तब आप अपने प्रिय के हाव–भाव उसकी अदाओं उसके व्यवहार और बातों में संकेत ढूँढते हैं ताकि आप अनुमान लगा सकें कि सामने वाला आपकी गिरफ्त में है या नहीं।

इस पशोपेश में बहुत सी लड़कियाँ बनी रहती हैं। खासकर यह जानना काफी होता है कि कोई आपसे वास्तव में प्यार कर रहा है। या नहीं यह ठीक है वह सुबह शाम आई लव यू कह रहा है। और आपकी पसंद? के तोहफे भी दे रहा है। लेकिन इससे ये साबित नहीं हो जाता है कि वह आपसे प्यार भी कर रहा है। प्यार महसूस करने की चीज है दिखावा करने की नहीं।

कुछ प्यारे से पैमानों से मैं आपको अवगत कराता हूँ।

कुछ महत्वपूर्ण पैमाने

- उनके व्यवहार का आँकलन करें क्या आपके सामने आते ही उनके हाथ काँपने लगते हैं। और उन्हें पसीना आने लगता है, क्या वो बात बेबात आपकी तारीफों के पुल बाँधने लगते हैं? आपसे मिलने और बात करने के बहाने ढूँढ़ते हैं। यदि हाँ तो ये बात सही है कि वो आपको चाहते हैं।

- हर व्यक्ति का अपना एक दायरा होता है जिसमें वह किसी को आने नहीं देना चाहता है। लेकिन प्यार जैसी चीज छिपती नहीं है। उनके बिलकुल करीब जाकर अनजाने में छूने की कोशिश करें और उनकी प्रतिक्रिया पर गौर करें यदि वो आपको चाहते हैं तो उन्हें आपकी हरकत अच्छी लगेंगी अन्यथा वे आपसे दूर होने की कोशिश करेंगे।
- आप जब जरूरी काम से दफ्तर में या कहीं और व्यस्त हैं इसलिए आप फोन करके अपने साथी से कहती हैं कि आपको लौटने में देर हो जाएगी वह इतने में कोई और कार्यकम बना सकता है। लेकिन वह इस बात पर ज़ोर देता है कि वह घर पर ही आपका इंतज़ार करेगा भले ही कितनी देर हो जाए और आपके साथ कोई कार्यक्रम की योजना बनाएगा। इसका अर्थ है कि वह आपसे प्यार करता है।
- आप उसके साथ मॉल में शॉपिंग कर रही हैं अचानक आपको टॉयलेट जाने की जूरूरत पेश आती है। आप अपना हैंडबेग उसे पकड़ा देती हैं। वह खुशी खुशी आपके हैंडबैग को संभाल लेता है और ऐसा करने में उसे जरा भी शर्म का एहसास नहीं होता है। पब्लिक प्लेस में लेडीज़ चीज़े लड़का उसी वक्त उठाने आने से नहीं शर्माता जब वह सच्चे प्यार में डूबा हुआ होता है।

आपका बॉयफ्रैंड या पति इन पैमानों पर खरा उतरता है तो समझ लीजिए वह आप से बेपनाह मोहब्बत करता है। भले वह आपको दिन रात आई लव यू कहे या न कहे बस यही हैं आपके प्यार के प्यारे–प्यारे सिग्नल इन्हें पहचानें और खुद पर इतराएँ कि आप भी किसी के दिल में बसते हैं।

21

मेरे दिल से

ज़िन्दगी में इन्सान को कई बार प्यार हो सकता है। यह बात दूसरी है कि पहला प्यार कोई भूल नहीं सकता लेकिन सच्चा प्यार तो इस जमाने में बड़ी मुश्किल से मिलता है। आज के हाईटेक लाइफस्टाइल जमाने में प्यार की परिभाषा बदल गई है। इस दौर में प्यार भी हाइटेक हो गया है। लोग प्यार अब कई चीजों को देखकर करने लगे हैं जैसे कि मसलन जेब सेलरी, लाइफस्टाइल और इन सबसे बढ़कर ये मायने रखता है। कि आप सामने वाले से ज्यादा हाईप्रोफाइल हैं या नहीं। साथ ही उनके जैसी समतुल्यता रखते हैं या नहीं आज प्यार ने अपनी परिपक्वता को हासिल कर लिया है।

मैं बार–बार एक बात बताना चाहूँगा कि प्यार मूल्य घोषित नहीं होता है। प्यार में इन्तजार नहीं किया जा सकता है। प्यार नियमित नहीं होता है प्यार सहा नहीं जाता है। सिर्फ प्यार को असानी से अपनाया जा सकता है।

दूसरे शब्दों में कह सकते हैं आज के जमाने में प्यार को जिस्म की हवस जैसे गन्दे रिश्ते से जोड़ दिया गया है। बहुत कम ऐसे लोग होंगे जो सच में दिल और मन से प्यार करते होंगे। अच्छी सोच रखते होंगे वरना अब प्यार एक दूसरे की हवस का शिकार है।

अब किसी के भी दिल में प्यार नहीं है। आज की दुनिया में अपने स्वार्थ के लिए प्यार के इस एहसास का इस्तेमाल किया जा रहा है। मैं ये समझता हूँ कभी किसी चीज को मत चाहो क्योंकि अन्त में उसे खो ही दोगे।

22

दिल का दर्द कोई न जाने

दिल के कोने से एक आवाज आती है।
हमें हर पल उनकी याद तड़पाती है।
दिल पूछता है बार बार मुझसे।
जिन्हें हम याद करते हैं क्या?
उन्हें भी हमारी याद सताती है।।

समझ में नहीं आता की हम आज 21 वीं सदी में जी रहे हैं। कहने को तो क्या? हम कह सकते हैं हमने बहुत तरक्की की है हम बहुत मॉर्डन हो गए हैं परन्तु सोच से आज भी पिछड़े हुऐ हैं। एक लड़के और एक लड़की का आपस में प्यार करना आज भी हमारे समाज में एक अपराध समझा जाता है क्योंकि ऐसा करने से समाज में उनका सिर नीचा हो जाता है। पर मैं कहता हूँ किस समाज की बात करते हैं हम वो समाज जो कि मुसीबत पड़ने पर कभी सहायता के लिए आगे नहीं आता है। हाँ इतना जरूर पीछे खड़ा होकर तमाशा देखने और बातें बनाने के अलावा कुछ नहीं करता मेरा कहने का मतलब ये है। जब तक हमारी सोच पिछड़ी रहेगी। तब तक सामाजिक मानसिक संकीर्णता का शिकार होते रहेंगे।

रिश्ता वह शब्द है जो आप और आपके साथी के सम्बंधों की गहराईयाँ बयां करता है। रिश्ते की नींव पर सांचा खड़ा करने के लिए समय के थपेडों को सहना पड़ता है। परंतु इसके विपरीत रिश्तों को तोड़ने में पल भर का समय नहीं लगता और अगर रिश्ते बिखरते हैं तो उसका दर्द ह्रदय को पीड़ा देता है।

ज़िन्दगी में मौत सबसे बड़ा नुकसान नहीं होता है। सबसे बड़ा नुकसान तो तब होता है। जब दो लोगों के जिन्दा रहते हुए उनके बीच आपसी रिश्ते टूट जाएँ।

लव में सेक्स सही है या गलत? इसके बारे में विचार करना बेहद मुश्किल है। सेक्स एक ऐसी चीज़ है जिस पर अब किसी भी अभिभावक से पूछ लें तो उनका जवाब होगा नहीं बिलकुल नहीं ये नाजायज है। लेकिन अगर किसी युवा से पूछें तो यकीनन ९० प्रतिशत कहेंगे ये ही सही है। पर कहते हैं न जब अपने पर आतीं है तो सारी समझ धरी की धरी रह जाती है। अब जो मैं कहने जा रहा हूँ वह एक ऐसा सत्य है जिसे शायद ही कोई माने मगर कहते हैं न सच हमेशा कड़वा ही होता है। अगर आप इन्हीं अभिभावकों से पूछें कि क्या अपने युवाकाल में कभी किसी के प्रति आकर्षित नहीं हुए। तो इनका जवाब सुनकर हैरानी होगी ये खुद तो आम खाने से नहीं शरमाते मगर इनके बच्चे या कोई दूसरा युवा ये करे तो भईया उसकी जान तक ले सकते हैं। मगर यहाँ भी एक हाथ से ताली नहीं बजती है। युवाओं ने प्यार में सेक्स को न सिर्फ सही माना है बल्कि सेक्स को ही प्यार माना है। इनके लिए सेक्स के बिना प्यार का मतलब ही नहीं इस एक शब्द ने प्यार को गुनाह बना दिया है।

सच कहूँ तो मैंने प्यार मोहब्बत और सेक्स को काफी गहराई से समझा और जाना है। मेरा तजुर्बा है कि अक्सर प्यार या मोहब्बत के दरम्यान जब प्रेमी या प्रेमिका की भावनाऐं केवल सेक्स यानी वासना के इर्द–गिर्द ही घूमने लगती हैं तो उसका नतीजा बेहद खतरनाक साबित होता है। यानी उस दौरान धोखा देने या खाने की नौबत आ जाती है। सच कहूँ तो मैंने भी प्यार के नाम पर बड़े धोखे झेले हैं।

हर शख्स अपनी पीड़ा समझाता है लेकिन दिल का दर्द कोई नहीं जानता..................

23

अब प्यार एक फैशन

इस संसार में सभी की इच्छा होती है कि कोई हमें प्रेम करे। और यह कम ही इच्छा होती है कि हम किसी से प्रेम करें। भारतीय समाज में प्रेम कितना पुराना है। प्रेम एक पवित्र रिश्ता है। पर आजकल के एडवान्स माहौल में प्रेम कि पारिभाषा ही बदल गई है। अब प्यार सिर्फ एक फैशन है। प्यार अब तो बाजार में मिलने लगा है। प्यार डिब्बों में पैक होकर रेडीमेड हो गया है। आजकल समाज में जो मुद्दा सबसे ज्यादा गर्म है। वह है लव सैक्स और धोखा। प्यार जैसे पवित्र रिश्ते को बदनाम करने का काम जारी है। नई सदी की शुरूआत में सब कुछ बदल गया है। प्रेम की भाषा बदल गई है। शब्दों के रूप बदल गए हैं।

आज कल की भाषा में सेक्सी शब्द ऐसा रूप ले चुका है जो किसी की तारीफ में भी कहा जा सकता है। आप कितनी सेक्सी लग रही हैं और तो और आज पूरा का पूरा माहौल सेक्सी सुविधाओं व कृतियों से भरा हुआ है। कम्प्यूटर सेक्सी है, टी वी पर न्यूज़रीडर सेक्सी है। म्युजिक सिस्टम सेक्सी है। बाथरूम सेक्सी तो कहीं फ्रिज का लुक सेक्सी है। पोशाकें तो सेक्सी हैं ही अब तो जूते चप्पलें सेक्सी हो चले हैं। तो आप ही बताइए भला प्यार कैसे न सेक्सी हो। 'अगर ये मानें प्रेम भी सेक्स का ही एक रूप है। सच्चे प्रेम करने वाले नाराज हो जाएँगे। वे कहते हैं प्रेम तो दो आत्माओं का मिलन है। प्रेम शास्त्री कहते हैं कि देह की सुन्दरता के जाल में फँसने वाले कभी सच्चा प्रेम नहीं कर सकते हैं।

पर आज के युवा कहते हैं बिना सेक्स के प्यार कुछ भी नहीं है। दरअसल आज के माहौल में लड़कों से अधिक लड़कियाँ सेक्स के प्रति ज्यादा अग्रसर दिखती हैं। उनके लिए दो से तीन बॉयफ्रैन्ड रखना फैशन बन गया है। यह बात आम ज़िन्दगी में भी देखी जा सकती है। करियर फैशन और मजे के लिए अब लड़कियाँ भी भोगी बनती जा रही हैं। महिलाओं का ऐसा बर्ताव कई बार सच्चे आशिकों के लिए दर्द बन जाता है। पर क्या सिर्फ दोषी लड़कियाँ हैं। जी नहीं उन्हें ऐसा करने का मौका भी तो आपने ही दिया है न। लड़के पहले एक से अधिक गर्लफ्रैन्ड रखना पसंद करते थे अब जब लड़कियों ने लड़कों की सभी आदतें अपना ली हैं तो इस आदत को भला क्यों छोड़ दें।

सच तो यह है कि सभी को मिलता है धोखा। ज़िन्दगी में आज की तारीख में सभी को पैसे से प्यार है। प्यार से प्यार नहीं।

मैं यह और बताना चाहूँगा कि सेक्स लाइफ जब तक बेहतर होती है जब तक पार्टनर्स में प्यार रहता है।...............................

24

धोखा देना और झूठ बोलना अब बन गया शौक

धोखा देना और झूठ बोलना इस जमाने में आम हो गया है। कहा जाता है पुरुष महिलाओं से अधिक झूठ बोलते हैं। ज्यादातर शादी–शुदा लोग धोखा देने में माहिर होते हैं। पति और पत्नी के बीच सात जन्मों का एक ऐसा बंधन होता है जिसमें दोनों आपस में विश्वास की एक डोर बाँधते हैं जिसे केवल मृत्यु ही जुदा करती है। लेकिन पति और पत्नी के इस पवित्र बंधन में भी कई बार दरार पड़ जाती है। पति पत्नी के बीच कोई और आ जाता है जिससे तमाम समस्याएँ शुरू हो जाती हैं। लड़ाई–झगड़े व तलाक की भी नौबत आ जाती है। ऐसा तब होता है जब शादी के बाद किसी और से प्यार किया जाता है।

आज कल कार्यस्थल पर कुछ एक ऐसे दोस्त मिल जाते हैं जो काफी करीब आ जाते हैं। लेकिन जब यही भावनात्मक संबंध अपनी हदें पार कर शारीरिक संबंध तक पहुँच जाता है तब पति पत्नी के बीच एक दीवार बन जाती है जो अगर छिपी रहे तो ठीक है वरना शादी से तलाक का रास्ता ज्यादा दूर नहीं रहता।

ये सच है कि प्यार पर किसी का जोर नहीं होता है। आज कल परिवेश में सेक्स प्यार का नाम बनता जा रहा है। पुरुषों के साथ महिलाएँ भी एक से अधिक सेक्स पार्टनर रखने में दिलचस्पी रखने लगी हैं। पुरुष और महिला दोनों ही अलग–अलग स्थितियों में धोखा देते हैं।

किसी मनुष्य ने 1024 पुरुषों और 1559 महिलाओं पर एक शोध किया और पाया कि वो पुरुष और महिला जो शादी शुदा थे, या फिर अपने साथी के साथ रह रहे थे। उनमें से छः सालों में 6.7 प्रतिशत पुरुषों ने अपने साथी के साथ धोखा किया जब कि महिलाओं में ये आंकड़ा 3.3 प्रतिशत था।

आज कल के फैशन 'परस्त युवाओं को ऐसे रिश्ते में बहुत आनन्द आता है। झूठ बोल कर नई–नई गर्लफ्रैंड बनाना ये इनका एक अहम शौक है। लेकिन देखा गया है लड़कियाँ भी अब कम नहीं हैं। ये इतनी हाजिर जवाब होती हैं कि किसी भी लड़के को अपने चंगुल में कर सकती हैं। और आप जानते हैं। कि लड़कियाँ ज्यादा संवेदनसील होती हैं। वह भावनाओं को आसानी से समझ लेती हैं। और इनके आँसू भी जल्दी निकल आते हैं। लेकिन पुरुष कड़े दिल के होते हैं। दूसरे हालात में भी उन्हें आसानी से रोते हुए नहीं देखा जा सकता है। लेकिन ज्यादातर उसे भी सच्चे प्यार की तलाश होती है। वो सेक्स या मजे के लिए प्यार नहीं करते हैं। और जब प्यार में धोखा मिलता है तो इनकी भी आँखों से आँसू निकलते हैं। पुरुष दिखने में तो बहुत शक्तिशाली होते हैं लेकिन ये बात भी सच है गर्लफ्रैंड से उनके सम्बन्ध टूटते हैं या विवाह के दौरान कोई परेशानी आती है तो पुरुषों को सबसे ज्यादा चोट पहुँचती है।

प्रेम के बारे में ऐसा भी कहा जाता है प्रेम अधिक कड़वा और मीठा भी होता है। विश्व में ऐसा एक भी पदार्थ नहीं पाया जाता है जो स्वाद में मीठा या कड्डुवा हो या तो कोई चीज कड़वी होगी या तो मीठी लेकिन प्रेम में दोनों बातें पाई जाती हैं। जब प्रेमिका का रवैया अपने प्रेमी के प्रति उदासीन हो तो प्रेमी को कड्डुवा अनुभव होता है। और अगर प्रेमिका का बर्ताव सम्मानजनक होता है तो प्रेमी को मीठेपन का अनुभव होता है।

सच कहूँ तो धोखेबाज दोनों ही होते हैं। आज प्यार का मतलब पहले प्यार करना जज्बात की लौ में बहकर सेक्स करना और जब इन बातों से मन उचटता है तो धोखा देना और सेक्स तो इतना ज्यादा बढ़ गया है कि अब लगता ही नहीं है कि हमारी शादी किसी ऐसी लड़की या लड़के से होगी जिसने सेक्स न किया हो अब इस जमाने में प्यार करने वाले बचे ही कहाँ हैं। न तो लड़कियों में सीता जी को देखा जा सकता है और न लड़कों में प्रभु राम को..............................

आज का समाज देखकर डर लगता है। मैं काफी समय से एक ऐसी लड़की की तलाश में हूँ। जिसे प्यार का मतलब पता हो। जब लड़का या लड़की अपने प्यार का इजहार करते हैं तो उसे सब सही मिलता है लेकिन कुछ समय के बाद पता चलता है कि उसका रिलेशन दूसरों के साथ भी है। तो बताइए भला उससे शादी कैसे की जा सकती है। सच में समाज की इस तस्वीर को देखकर बड़ा डर लगता है जिसे प्यार का मतलब पता नहीं होगा वह आपसे झूठ बोलेगा और आपको धोखा देगा सावधान रहें ऐसे लोगों से जो प्यार का मतलब नहीं जानते हैं। जिस प्यार में सच्चाई नहीं होती है वहाँ पर झूठ पर झूठ बोला जाता है। और धोखा होता है।.........

25

प्यार इश्क और मोहब्बत का दिन

आप अच्छी तरह जानते हैं कि 14 फरवरी को मनाया जाने वाला पर्व यानी वैलेंटाइन डे प्रेमियों का सबसे बड़ा महोत्सव है। आज के दिन अपने वैलेंटाइन को फूल भेजना कार्ड और गिफ्ट देना बहुत ही स्वाभाविक माना जाता है। बहुत से युवा आज के दिन अपने प्यार का इज़हार भी करते हैं। कहा जाता है आज के दिन अगर आप किसी को चाहते हैं तो दिल खोलकर अपने प्यार का इजहार करिये। जरूर प्यार को स्वीकार किया जाएगा और आपका प्यार स्वीकार हो जाए तो चले जाइए रोज डे के दिन यानी वेलेंटाइन डे के दिन इश्क की इबादत के लिए उस मन्दिर में जिसे लव रिर्पोटर बताता है कि चेन्नै से ९० किलोमीटर दूर उस मन्दिर में जो केवल प्रेम के पुजारियों के लिए ही बनाया गया है।

अमर प्रेम की आराधना के लिए यहाँ भगवान श्री कृष्ण की प्रतिमा है। यह मन्दिर चेन्नै स्थित गोकुल लक्ष्मी ट्रस्ट के आर जगन्नाथ के दिमाग की उपज है जोकि वेल्लोर जिले के शोलिंगर में बना है।

जगन्नाथ कहते हैं माना जाता है भगवान कृष्ण की 16000 पटरानी थीं और उनके लिए हर रोज वेलेंटाइन डे था। मेरी तमन्ना इश्क को इबादत से जोड़ने की है। यह कृष्ण का अपने भक्तों के लिए और भक्तों का उनके लिए प्यार का प्रतीक जैसा है।

उन्होंने कहा है कि भगवान कृष्ण अपनी प्रेमिका राधा के साथ अब अपने नए अवतार में प्यार के देवता हैं। उन्होंने बताया हिन्दु धर्म में कृष्ण

प्यार के पर्यायवाची हैं और उन्हें हर धर्म की महिला पूजती थी। मन्दिर में कृष्ण और राधा की संगमरमर की प्रतिमा लगाई गई है। साथ में गायें और बछड़े भी हैं। यहाँ भक्त अपने भगवान को छू सकते हैं

14 फरवरी प्यार इश्क और मोहब्बत का दिन है। इस दिन सभी प्रेम पुजारी अपने प्रिय को कार्ड भेजते हैं।

लेकिन उन लोगों की बात तो बड़ी बेमिसाल है जो अपनी प्रियतमा के लिए एक दर्जन गुलाब खरीदते हैं। अपनी प्रियतमा को किसी मॉल या किसी मनमोहक जगह पर आमंत्रित करते हैं। जिस जगह पर वो आमंत्रित करते हैं वहीं कहीं आस पास वो छिप जाते हैं। जब उनकी प्रियतमा उस जगह आती है हँसती फिर अचानक अपने हाथों में गुलाब का गुलदस्ता लेकर बाहर आते हैं। अपनी प्रियतमा के हाथों में देकर कहते हैं। हैप्पी वैलेंटाइन डे और एक दूसरे को किस करना आई लव यू बोलना कितना लवेबल लगता होगा।

गुब्बारों को हवा में छोड़ देना समुद्र तट पर जाना नंगे पैर टहलना अपने प्रिय के साथ समुद्र तट के किनारे खाना खाना मोमबत्ती की रोशनी में अपने प्यार की लम्बी उम्र माँगना कितना बेस्ट लगता होगा है न अगर आप किसी से प्रेम करते हैं। तो खासतौर से याद रखिए इस प्यार के पर्व को अपनी महबूबा को इम्प्रेस करने का इससे बेहतर दिन कोई और नहीं है।

26

खूबसूरत लड़कियाँ होती हैं बेवफा

रिश्तों का चक्र इस दुनिया में हमारे आगमन के साथ ही शुरू हो जाता है। सभी रिश्ते हमारे लिए महत्वपूर्ण होते हैं और उनका अपना–अपना महत्व होता है लेकिन प्यार एक ऐसा रिश्ता है। जिसे हम खुद चुनते हैं प्यार की उमंगें किशोरावस्था की दहलीज़ पर कदम रखते ही अंगडाई लेने लग जाती है। यह वह अवस्था है जिसके दौरान शरीर और हार्मोन्स में परिवर्तन होता है। उसके कारण किशोरावस्था में ऑपोजिट सेक्स के प्रति रुझान बढ़ जाता है। आपको उसका साथ अच्छा लगने लगता है। आप उसके बारे में और जानना चाहते हैं चाहती हैं।

लेकिन मैं बताना चाहूँगा कि खूबसूरत पार्टनर की तमन्ना रखने वालों के लिए बुरी खबर है। सुन्दर महिलाएं अक्सर बेवफा होती हैं। यह मैं नहीं कह रहा हूँ बल्कि ब्रिटेन में हुई एक शोध के कुछ यही रिजल्ट हैं। हालाँकि यह बात हर किसी पर फिट नहीं बैठती है लेकिन शोध गें पाया है कि अधिकांश खूबसूरत महिलाओं के अवैध सम्बन्ध थे। उनकी इस बेवफाई की बजह एक हार्मोन है।

रिसर्चर्स ने स्टडी में पाया कि जिन महिलाओं में ऐस्ट्रोजन हार्मोन की मात्रा अधिक होती है। स्टडी के मुताबिक ऐसी महिलाओं के काफी लोगों से सम्बन्ध होते हैं और वे अक्सर नये सम्बन्ध बनाने के लिए तैयार रहती हैं। रिसर्चर्स के मुताबिक अपनी खूबसूरती के कारण ऐसी महिलाएं पुरुषों को आसानी से आकर्षित कर लेती हैं। रिसर्च से जुड़ी टैक्ससं युनिवर्सिटी

की डॉ० क्रिरटीना कहती हैं यदि ऐसी महिलाओं को अच्छे मर्द नज़र आते हैं। तो वह अपने पार्टनर के प्रति वफादारी कम ही दिखाती हैं।

खूबसूरत चेहरों के बारे में एक बात और कही जाती है कि हर खूबसूरत चेहरे के पीछे एक भयानक शैतान छिपा होता है। लेकिन किशोरावस्था में इतनी समझ नहीं होती कि आपके लिए कौन या क्या सही है और क्या ग़लत है। आपके रिश्ते में प्यार है या सिर्फ आकर्षण मात्र है। पहले अपने रिश्तों को समझें फिर कोई कदम उठाऐं।

यहाँ पर आपको कुछ सवाल दिए जा रहे हैं। जो ये तय करेंगे कि आपके रिश्ते में प्यार है या सिर्फ आकर्षण। इनका जवाब आप खुद से पूछ सकते हैं।

- क्या आपका/आपकी पार्टनर आपकी बातों को ध्यान से सुनते हैं जब आप कुछ कहते हैं?
- क्या आप एक दूसरे के साथ समानता का व्यवहार करते हैं?
- क्या आप एक दूसरे के प्रति सैक्स संबंधी बातों को तो नहीं करते हैं?
- क्या आप पार्टनर के प्रति विश्वास और वफादारी रखते हैं? बिना यह सोचे कि उसके दोस्त आपके और उसके बारे में क्या सोचते हैं?
- क्या आप एक दूसरे से किया वादा निभाते हैं?
- क्या आप एक दूसरे की भावनाओं को समझते हैं? उनकी कद्र करते हैं?
- क्या आप एक दूसरे के साथ अपने को सहज और सुरक्षित महसूस करते हैं?
- क्या एक दूसरे से मिलने पर खुशी होती है?
- क्या आप अपने साथी पर गर्व महसूस करते हैं?
- क्या आपको अपने पार्टनर के दोस्तों से मिलने पर ईर्ष्या होती है?

ये थे प्यार को पहचानने के कुछ जरूरी सवाल पूछिए अपने आपसे......

27

प्यार एक टाइम पास

प्रेम के विषय में बहुत कुछ कहा गया है। जहाँ देखो वहीं नजर आता है प्यार। प्यार दिल की दीवानगी है। प्यार आत्मा की गहराई है। प्यार इबादत है। प्यार जीने की प्यास है। प्यार दिल की उमंग है। प्यार समुद्र की गंभीरता है। प्यार आग की तपन है। रेगिस्तान की हवा में है प्यार। सागर की लहरों में है प्यार झरने के गिरने में है प्यार। नदी के बहने में है प्यार। भरी गर्मी में ठंडी हवा का एहसास है प्यार। चन्द्रमा की शीतल चाँदनी में है प्यार। सृष्टि के कण–कण में रचा, बसा है प्यार। प्यार डर नहीं है प्यार जीत है। जब इतना सब कुछ प्रेम है तब लोगों के लिए प्यार एक टाइम पास है। कबीर, जी भी कहते हैं कि..........................

पोथी पढ़ पढ़ जग मुआ पंडित भया न कोय।
ढ़ाई आखर प्रेम का पढ़ें सो पंडित होय।।

प्रेम प्रेम राब कोई कहै प्रेम न चीन्है कोय।
आठ पहर भीगा रहे प्रेम, कहावै सोय।।

सब प्रेम–प्रेम की रट लगाते हैं। लेकिन प्रेम है क्या कोई नहीं जानता। वास्तविक प्रेम दिन रात एक समान प्रेम में सराबोर रहना है। कबीर जी दूसरी पंक्ति में कहते हैं।

प्रेमी ढूंढत मैं फिरूं प्रेमी मिले न कोय।
प्रेमी से प्रेमी मिलें विष ते अमृत होय।।

कहते हैं न इश्क एक आग का दरिया है और डूब कर जाना है। पर अब इस परिवेश में प्यार की दास्तान कुछ अलग सी नजर आती है। बहुत से युवाओं के लिए अब प्यार एक टाइम पास है। बहुत से युवा लोग सिर्फ अपने सेक्स को पूरा करने के लिए प्यार जैसे रिश्ते का सहारा लेते हैं। उनके लिए प्यार कुछ नहीं सिर्फ आकर्षण मात्र है। ऐसे युवा लोग अपने प्रिय से प्रेम की ढेर सारी बातें तो जरूर करते हैं लेकिन उनकी इन प्यार की बातों में भी एक रहस्य छिपा होता है। ऐसे लोग अपने प्रिय को अँधेरे में रखते हैं, झूठ बोलते हैं और मौका देखते ही दस मिनट में सेक्स करते हैं। और रिश्ता तोड़कर चले जाते हैं।

अगर आप किसी के प्यार में डूब चुके हैं और आपको ऐसा लगता है कि मेरे प्यार में सिर्फ आकर्षण है। तो इस आकर्षण को प्यार में बदलने के लिए मैं आपको कुछ टिप्स दे रहा हूँ....................

- एक दूसरे से जब भी मिलें मुस्कुराएँ।
- अपने साथी पर विश्वास करें।
- अच्छे और बुरे समय में अपने साथी के साथ रहें। उसका साथ न छोड़ें।
- एक दूसरे की छोटी–छोटी बातों पर झगड़ा न करें।
- ऐसा कोई काम न करें जिससे आपके साथी को दुख पहुँचे।
- एक दूसरे उसे किये वादे को करने की कोशिश करें।
- एक दूसरे की छोटी–छोटी बातों का ध्यान रखें।
- जैसे अगर आपका साथी बीमार हो तो उसने दवाई ली या नहीं खाना खाया या नहीं आदि।
- अगर आपके साथी में कोई बुरी आदत है तो आप उसे प्यार से छुड़ाने की कोशिश करें।
- एक दूसरे की भावनाओं को समझने की कोशिश करें।
- कभी–कभी बिना कहे भी चेहरे से अपने साथी की बातों को समझने की कोशिश करें कि वह आपसे क्या कहना चाहता है या चाहती है।
- इन उपायों को अपनाने से धीरे–धीरे एक दूसरे के दिल में प्यार बढ़ेगा और आप अपने आकर्षण को प्यार में बदल सकने में काफी हद तक सफल हो पाएँगे।

28

अजर अमर हो गया इनका प्यार

सोहनी–महिवाल, लैला–मजनू, शीरी–फरहाद, हीर–राँझा और देवदास–पारो का प्रेम अजर अमर है। इनको इश्क के मुकाम में बादशाहत हासिल हुई है।

जब भी प्यार करने वालों की बात होती है तो इनका नाम सबसे पहले आता है।

सोहनी–महिवाल

सोहनी–चिनाब नदी के किनारे स्थित एक गाँव में रहती थी। सोहनी कुम्हार की बेटी थी। कुम्हार की बेटी बहुत ही खूबसूरत थी। दूसरी ओर बहुत बडे व्यापारी का बेटा था इज्जत बेग। एक बार उसने सोहनी को देखा तो उसकी खूबसूरती पर मर मिटा। सोहनी भी उससे मोहब्बत करने लगी। सोहनी के प्रेम में घरबार को छोड़कर महिवाल ने भैंस चराना भी गवारा किया। इसीलिए उसके प्रेम की दास्ताँ पता चली। तो सोहनी की शादी किसी और से कर दी गई। लेकिन सोहनी ने उसे पति के रूप में कुबूल नहीं किया। महिवाल ने अपने दिल का हाल एक खत में लिखकर सोहनी तक पहुँचा दिया। इसके बाद सोहनी रोजाना महिवाल से मिलने नदी पार जाने लगी। एक दिन उसकी भाभी ने उसे महिवाल के पास देख लिया। उसने पक्के घड़े की जगह पर मिट्टी का कच्चा घड़ा रख दिया। सोहनी को यह मालूम था कि घड़ा बदल दिया गया है। फिर भी अपने महबूब से मिलने की कसक में वह उसी के सहारे नदी पार करने लगी।

बीच नदी में मटका फट गया। और सोहनी नदी में समा गई। महिवाल ने जब सोहनी का मृत शरीर देखा तो उसे बाहों में भरकर खुद भी नदी में कूद गया और इस तरह दो प्रेमी हमेशा के लिए एक हो गये।

लैला मजनू

अरब के रहने वाले थे लैला और मजनू। उन्होंने साबित किया कि मोहब्बत इस जहाँ तो क्या जन्नत में भी जिन्दा रहती है। अरबपति शाह अमारी के बेटे कैस का हाथ देखकर किसी फकीर ने बचपन में ही कह दिया था कि वह मोहब्बत में मारा जाएगा। दमिश्क के मदरसे में जब कैस ने नाज्द की बेटी लैला को देखा तो पहली नजर में उसका दीवाना बन बैठा। लैला भी उसके प्रेम को नामंजूर न कर सकी। दोनों के प्रेम के किस्सों की चर्चा गली मौहल्लों में होने लगी। तो परिवार वालों ने लैला को घर में कैद कर दिया। लैला की जुदाई में वह मारा–मारा रहने लगा और लोगों ने उसे नाम दे दिया मजनू जो आज भी मजनू नाम मोहब्बत का पर्याय माना जाता है। लैला की बख्त नामक शख्स से शादी कर दी गई। लैला ने उसे बता दिया कि वह मजनू के अलावा किसी और की नहीं हो सकती। बख्त ने लैला को तलाक दे दिया। वह मजनू का नाम लेकर दर–बदर भटकने लगी एक दिन उसे मजनू मिल गया। तो दोनों प्रेमपाश में बंध गए। लैला की माँ उसे जबरन अलग कर घर ले आई। लैला से जुदाई बर्दाश्त नहीं हुई और उसने जान दे दी। उसकी मौत की खबर सुनकर मजनू ने भी जान दे दी दोनों की मोहब्बत को जानकर दोनों को साथ दफना दिया गया। दोनों जीते जी न सही लेकिन मर कर हमेशा–हमेशा के लिए एक हो गए। उनकी कब्र आज भी दुनिया भर के प्रेमियों की इबादतगाह है।

देवदास–पारो

पश्चिम बंगाल के रईस खानदान से था देवदास जबकि पार्वती (पारो) एक गरीब परिवार से ताल्लुक रखती थी। लेकिन प्रेम ऊँच–नीच को नहीं मानता इसलिए संग संग खेलकर बड़े होने वाले देव पारो के बीच बचपन में ही प्यार की कोपलें फूटने लगीं। वक्त के साथ–साथ उनका प्यार और मजबूत होता गया। देवदास आला तालीम के लिए विदेश चला गया।

लेकिन पारो ने उसके नाम का दीपक लगातार जलाए रखा। देव के मन में भी पारो के लिए प्रेम बना रहा। देवदास पढाई पूरी करके लौटा तो सबसे पहले पारो से मिलने पहुँचा। देवदास के घर वालों को यह रास नहीं आया। देवदास पारो से विवाह करना चाहता था लेकिन उसके घर वालों को यह मन्जूर न था। देवदास और पार्वती एक बार फिर जुदा हो गए। मगर ये जुदाई दोनों के लिए किसी कयामत से कम न थी पारो की शादी एक ऊँचे और रईस खानदान में कर दी गई जाते–जाते देव पारो से यह वादा करके गया कि वह मरने से पहले एक बार उसे देखने जरुर आएगा। पारो से अलग होने के गम में देव बहुत ज्यादा शराब पीने लगा इसी बीच वह चन्द्रमुखी नामक तवायफ से मिला। चन्द्रमुखी देव को चाहने लगी। हालाँकि वह यह जानती थी कि देव की ज़िन्दगी में पारो की जगह कोई और नहीं ले पाएगा फिर भी वह बिना किसी स्वार्थ के देव की सेवा करती रही। ज्यादा शराब पीने से देवदास की सेहत लगातार गिरती गई और आखिर कार पारो के दरवाजे पर वह प्राण त्याग देता है।

हीर रांझा

तख्त हजारा के सरदार का बेटा रांझा वह बचपन से ही अपने सपनों कि शहजादी के बारे में सोचा करता था। एक बार एक पीर ने उससे कहा की तुम्हारे सपनों की शहजादी हीर है। यह सुन रांझा हीर की तलाश में निकल पड़ा। हीर बहुत ही शातिर दिमाग वाली लडकी थी। एक रात रांझा चुपके से हीर की नाव में सो गया। हीर रांझा पर जब नाराज हुई लेकिन रांझा की आँखों में प्रेम का समुद्र देखकर पिघल गई। हीर उसे अपने घर ले गई और उसे नौकरी पर रखवा दिया। दोनों की मुलाकात मोहब्बत में बदल गई। हीर के चाचा को मालूम चला तो उसने हीर की शादी कहीं और करा दी। रांझा फकीर बनकर गांव गांव फिरने लगा। एक दिन वह हीर की ससुराल भी पहुँच गया। उसकी आवाज सुनकर हीर भिक्षा देने बाहर निकल आई। इसके बाद रांझा रोज भिक्षा माँगने आता और हीर रोज भिक्षा देने आती। हीर की भाभी ने ये सब ताड़ लिया और हीर को खूब खरी खोटी सुनाई। इसके बाद रांझा गांव से बाहर निकल गया। दुनिया के लोग उसे फकीर समझकर पूजने लगे। रांझा की जुदाई में हीर बीमार पड़ गई। हीर के ससुर ने रांझा से मदद माँगी रांझा के सिर पर हाथ रखते ही हीर

को होश आ गया। जब लोगों को पता चला कि वह फकीर ही रांझा है। तो उन्होंने उसे गांव से बाहर फेंक दिया। राजा के सैनिक ने उसे चोर समझकर पकड़ लिया। लेकिन पूरी बात जानकर राजा ने हीर के पिता को आदेश दिया कि वह हीर की शादी रांझा से करा दे। पिता ने उस वक्त तो हामी भर दी लेकिन घर आकर हीर को जहर दे दिया। हीर की मौत की खबर सुनकर रांझा ने भी वहीं दम तोड़ दिया।

शीरी फरहाद

आर्मेनिया के बादशाह की बेटी शीरी बेइंतहा खूबसूरत थी। उसकी तस्वीर देखकर ही पर्शिया के बादशाह खुसरो उस पर फिदा हो गए और उससे अपने निकाह का प्रस्ताव रख दिया। शीरी ने प्रस्ताव स्वीकार तो कर लिया लेकिन यह शर्त भी रखी कि उसके गांव वालों के लिए दूध का दरिया तैयार किया जाए। नहर खुदवाने का काम जिस शख्स को दिया गया उसका नाम फरहाद था। इस बीच खुसरो ने शीरी से निकाह कर लिया। खुसरो ने फरहाद को शीरी से मिलवाया ताकि उसकी सलाह से नहर तैयार हो सके। शीरी को देखते ही फरहाद उस पर मर मिटा नहर खोदते–खोदते वह उसके नाम की रट लगाने लगा। एक दिन शीरी आई तो उसने प्रेम का इजहार कर दिया। शीरी ने उसे झिड़क दिया लेकिन प्रेम कहाँ हार मानने वाला था। शीरी का नाम लेते लेते फरहाद ने वक्त से पहले नहर खोद डाली लेकिन शीरी के इश्क में दीवाना हो गया। खुसरो को यह पता चला तो आग बबूला होकर उसने फरहाद के कत्ल का आदेश दे डाला लेकिन वजीर ने उसे रोक दिया। वजीर ने प्रस्ताव रखा कि अगर वह पहाड़ियों के आर पार सड़क बना देगा तो उसका निकाह शीरी से कर दिया जाएगा। वह जानता था कि यह नामुमकिन है लेकिन फरहाद ने खाना पीना छोड़कर सड़क बनाने का काम शुरू कर दिया। उसकी बेइंतहा मोहब्बत ने शीरी का दिल भी जीत लिया। सड़क पूरी होने को हुई तो खुसरो ने घबराकर उसके पास झूठी खबर पहुँचा दी की शीरी ने खुदखुशी कर ली है। सुनकर फरहाद ने पत्थरों और कुल्हाड़ी पर सिर मार कर अपनी जान दे दी। शीरी ने यह सुना तो दौड़कर फरहाद के पास पहुँची फरेब की जानकारी मिलने पर उसने महल लौटने से इन्कार कर दिया। और फरहाद के कदमों में जान कुर्बान कर दी।

प्यार का दुश्मन जमाना सदियों से रहा है। प्यार करने वाले जोड़े के बीच कोई न कोई विलेन बनकर आता रहा है। हजारों गीत रोजाना प्रेम का राग सुनाते हैं। इनसे पत्थर से पत्थर दिल भी थोडा सा पसीज जायेगा। लेकिन अपने सामाजिक पंचायती लोगों पर कोई असर नहीं पड़ा। फिल्मों में अमरीशपुरी से लेकर गुलशन ग्रोवर तक प्रेम के रास्ते में अड़चनें डालते रहे। लेकिन हमारे पंचायती लोग उसे रीअल लाइफ में उतारते रहे। फर्क सिर्फ इतना है कि फिल्मों में लास्ट में प्रेम जीतता है। लेकिन रीअल लाइफ में पंचायत जीतती है।

आपने हमेशा सुना और देखा होगा कि दो इन्सानों के बीच एक आदर्श रिश्ता होता है। पर जब किसी दो इन्सानों के बीच झगडा होता है तो फिर कहो कि एक दूसरे का सिर फाड दें। हथियारों से हमला कर दें कम है या किसी के साथ बलात्कार हो जाए तो ऐसे मामलों पर कभी भी किसी भी पंचायत, ने किसी को सजा नहीं सुनाई है। ऐसा आपने कभी नहीं सुना होगा। सिर्फ प्रेम गलत है। यह हमारी तेहजीब के खिलाफ है। ऐसा जरूर सुना होगा ऐसा लगता है इस समाज को सिर्फ प्रेम से ही बैर है।

सोहनी महिवाल, लैला मजनू, देवदास पारो, हीर रांझा और शीरी फरहाद इन सभी को प्रेम के शहंशाहों में शामिल किया जाता है। इनका प्रेम पवित्रता से भरा हुआ था। इनके प्रेम में किसी तरह का कोई लोभ नहीं था। बस लगन थी तो सच्चे प्रेम की और शायद यही वजह है। जो इनके प्यार की मिसालें सारे जहाँ में कही जाती हैं। हम चाहकर भी इनके जैसा प्रेम नहीं कर सकते हैं।

ये सच है प्रेम का जादू सबके सर चढकर बोलता है। ये बात अलग है कि कौन कितना अपने प्यार को महत्व दे पाता है। अगर आप किसी से सच में प्यार करते हैं तो प्रेम के शहंशाहों की मिसालें और बातें किया कीजिए क्योंकि अब किसी शहंशाहों का दौर नहीं है। आज हम जिस माहौल में अपना जीवन यापन कर रहे हैं। वह बहुत ही एडवान्स किस्म का माहौल है। इस माहौल में लाइफ स्टाइल और रुपयों को ही अहमियत दी जाती है। मेरे कहने का मतलब है कि..................

ये दुनिया बड़ी अनमोल है।
इसमें सिक्के का ही मोल है।।

गर सिक्का हाथ न आया।
तो आप का डिब्बा गोल है।।

ऐसे माहौल में जीने के लिए हमें अपने मूल्यों को बढ़ाना चाहिए। तब तो घर परिवार ये समाज आपको इज्जत देगा। लेकिन प्रॉब्लम ये है जब आप अपने कार्या में लग जाते हैं तो ये दुनिया का चलन बड़ा निराला है। आप स्ट्रगल में जुटे हुए हैं और लोग आपसे कहते हैं कि भाई इतना स्ट्रगल क्यों कर रहे हो? कहीं ऐसा न हो कि सफलता के नाम पर अधर में लटक जाओ और आप यदि ऊपर चढ़ गऐ तो वे आपकी पुरानी कमजोरियों को उजागर करेंगे इसलिए आप उनकी परवाह न करें।

आप हमेशा याद रखिए दुनिया एक कुआँ है जो मुसीबतों और बलाओं से भरा हुआ है। यहाँ पर इंसान ही इंसान का सबसे बड़ा दुश्मन बना हुआ है। जीव जन्तुओं से उतने लोग नहीं मरते जितने इंसानी व्यवहार से मर जाते हैं। अब दुनिया की परवाह छोड़कर अपने आपको कूल कीजिए। बाकी की सारी समस्याऐं खुद–व–खुद खत्म हो जाएँगी। तभी आप अपने प्यार को जीतने में ताकत जुटा पाएँगे।

29

दोस्ती जरा सम्भलकर करें

कहा जाता है दोस्ती से बड़ा और प्यारा रिश्ता कोई और नहीं है। अक्सर आपने लोगों को यह कहते हुए सुना होगा कि हमारा व्यवहार कैसा है? या हम किस तरह का व्यक्तित्व रखते हैं। लेकिन क्या आपको पता है ऐसा क्यों होता है? दोस्ती का रिश्ता तो दिल से शुरू होता है। पर धीरे–धीरे ये दिमाग पर कब हावी हो जाए। पता नहीं चलता है। न जाने कैसे हम कई अच्छाइयों और अनेक आदतों को चाहे अनचाहे दोस्तों से आत्मसार कर लेतें हैं। जिनका असर जीवन भर हम पर पडता है। इसीलिए ये बहुत जरुरी है कि हम अपने दोस्तों का चुनाव बहुत, सोच समझकर करें। क्योंकि अच्छे दोस्त? जहाँ ज़िन्दगी को खुशहाल बनाते हैं वहीं बुरे दोस्त ज़िन्दगी को तबाह कर देते हैं। इसीलिए मैं आपको अच्छे बुरे दोनों पहलुओं से अवगत कराना चाहता हूँ।

बड़ी तलाश और कश्मकश के बाद बड़ी मुश्किल से ऐसा वजूद हासिल होता है जिसे दोस्ती कहा जाता है। जब कोई किसी से दोस्ती करता है तो दरअसल वो जिन्दगी के मतलब से परिचित होता हैं जो शख्स किसी गर्ज के तहत किसी से मोहब्बत करता है। दरअसल वो मोहब्बत की तौहीन करता है। एक अच्छा दोस्त खुशहाल ज़िन्दगी का, एक अहम पहलू होता है। जो केवल आपको सही रास्ता दिखाकर आपकी परेशानी को अपनी परेशानी समझे बल्कि हर बुरे वक्त में आपसे कदम से कदम मिलाकर चले। आपकी उदासियों को मुस्कुराहट में बदल दे वही अच्छा दोस्त कहलाने का हकदार है। चलती ज़िन्दगी में ये कम्पटीशन के दौर मैं समझता हूँ बहुत बेहतर है क्योंकि हम अपने अच्छे दोस्तों से अच्छी–अच्छी आदतों को अपना लेते हैं।

जैसे अगर हमारे दोस्तों में कोई भी अपनी सेहत पर ध्यान देते हैं। तो हम भी अपनी सेहत पर ध्यान देना शुरू कर देते हैं। इसी तरह अपने दोस्तों से अच्छे मार्क्स लाना एक्टिविटीज में उनसे–अच्छा प्रदर्शन करना इत्यादि कहा जाता है। अच्छी सोहबत बैठने वाला अच्छा ही सीखता है। बाज दोस्त ऐसे भी हैं। जो बुराई का घर हैं। जो आज की रंगीन दुनियां में हमारी पहचान कराते हैं। हमारे दोस्त हमारे अच्छे व्यवहार के लिए ही जिम्मेदार नहीं होते बल्कि बुरी आदतों में भी उनकी भागीदारी उतनी ही होती है।

बुरे दोस्तों की संगत में चाहे हम कितना भी संभलकर चलने का प्रयास करें चूक हो ही जाती है।

अगर किसी स्टाइलिश में कोई सिंपल लड़की आ जाती है तो देर सवेर वह भी अच्छी स्टाइलिश लड़कियों के रंग में रंग जाती है और अगर वह ऐसा न कर पाए तो या तो उसे पूरे ग्रुप में मजाक का पात्र बनना पड़ता है या सब उससे दूरी कायम कर लेते हैं। दोस्तों का प्रभाव अच्छे और बुरे दोनों तरह से पड़ता है। मान लीजिए मेरे दोस्तों का एक ग्रुप है। उसमें कई लड़के बियर पीते हैं और स्मोकिंग भी करते हैं। वे लोग अगर मुझे भी स्मोकिंग और ड्रिंकिंग के लिए कहते हैं मेरे मना करने पर वे मेरा मजाक उडाते हैं कि मैं लड़का नहीं लड़की हूँ। अब यहीं पर सोचना चाहिए कि ये मेरे दोस्त हैं या दुश्मन। कोई किसी को बुरा नहीं बनाता है। खुदा ने हर इन्सान को अक्ल दी है सब जानते हैं क्या अच्छा है क्या बुरा है। तो क्यों न हम अपनी समझदारी से काम लें इसलिए मैं ज्यादा बातों पर तबसिरा नहीं करना चाहता हूँ मैं अपनी ये बात खत्म करने से पहले आपको ये बताना चाहता हूँ कि दोस्त अगर फेल हो जाए तो ग़म होता है, लेकिन दोस्त अगर फर्स्ट आ जाए तो और भी ग़म होता है। ये बात मैंने क्यों कहीं क्योंकि बाज दोस्त ऐसे ही होते हैं।

30

कैरेक्टर लेस लाईफ

कहते हैं कि रिश्तों का आधार विश्वास होता है जहाँ पर विश्वास नहीं होता है वहाँ पर किसी तरह का कोई रिश्ता नहीं होता है। रिश्तों का आगाज माँ की गोद होती है। एक औरत की आगोश इन्सान का सबसे पहला मकतब है। हर इन्सान के लिए ईमान के बाद दुनिया की सबसे बडी दौलत नेक औरत ही है। जिस घर में एक तालीम याफता औरत का बजूद हो वो घर किसी जन्नत से हरगिज कम नहीं। मैं बताना चाहूँगा औरत क्या है। औरत चार अल्फ़ाजों का मजमुआ है। जो इस तरह है।

उर्दू – जुबान के तहत,,,,

ऐन – औरत
वाओ – वफा
रे – रहम
ते – तहम्मुल (बर्दाश्त करना)

मेरा कहने का मतलब ये है कि औरत मर्द के दिल का सुकून है। रूह की राहत ज़हन का इत्मिनान और बदन का चैन है। औरत दुनिया के चेहरों की एक आँख है। अगर औरत न होती तो मर्दों की ज़िन्दगी जंगली जानवरों से बदतर होती औरत बचपन में भाई बहनों से मोहब्बत करती है। माँ बनकर अपनी औलाद से मोहब्बत करती है इसलिए औरत दुनिया में प्यार व मोहब्बत का एक ताजमहल है। इससे बेहतर मैं शायद औरत की तस्वीर पेश नहीं कर सकता हूँ। किसी शायर ने कहा है कि,,,,,

औरत तो बड़ी चीज़ है कुछ है नहीं ठठ्ठा।
समझावे उसे कौन जो है उल्लू का पठ्ठा।।

औरत को शर्म का गहना कहा जाता है और तो और शर्म के विषय में एक कहावत कही जाती है। कि जिसने कि शर्म उसके फूटे कर्म और ऐसा सही ही कहा गया है क्योंकि अगर आप सामाजिक जीवन में शर्म करते हैं तो आप समाज से टर जाते हैं। और अगर आप प्रोफेशनल जीवन में शर्म करते हैं तो आपकी उन्नति नहीं हो पाती है।

अब इस चलती दुनिया में औरत जात ने अपने शर्म का लिवास उतार दिया है। शर्म के विषय में जो कहावत कही जाती है उसकी वजह कुछ और है। समझदार को इशारा काफी है। जो समझे वो समझदार है। जो न समझे वो नादान है। लेकिन आज के युग में औरत जात का सौंदर्य अब चमकता दमकता रोकड़ा बन गया है जिसे कैश कार्ड की तरह बनाया जा सकता है। सौदर्य प्रतियोगिता में अब लोग अपनी बेटियों की नुमाइश शौक से करते हैं। अगर इससे नोट कमाए जा सकते हैं। तो क्या बुराई है। आज के लड़के लड़कियाँ बहुत आगे निकल चुके हैं। इनके सोचने समझने की दृष्टि अब अलग है। अब इनकी नजरों में सेक्सी चीजों की ही अहमियत है। बाकी सब कुछ इनके लिए बेकार है। इनकी पसंद अब अलग टाइप की दिखाई पड़ती है।

जैसे कि परफ्यूम की खुशबू में डूबा महकता शरीर सेक्सी लगता है। आफ्टर शेव लोशन की महक पुरुषों को ज्यादा सेक्सी बना देती है। आलू के हों या कमर के दर्द का मलहम ट्यूब लाइट हो या कॉफी का मग चॉकलेट का पैकेट हो या पिज़्ज़ा का पार्सल विज्ञापन कम्पनियाँ इन सभी चीजों को सेक्सी अन्दाज में पेश करती हैं आप जानते हैं ऐसा क्यों है क्योंकि यही वो अन्दाज है जो दर्शकों व ग्राहकों को अपनी ओर खींचता है। ठीक इसी तरह सेक्सी अन्दाज में लड़के और लड़कियाँ एक दूसरे को आकर्षित करने में लगे हुए हैं। अब इस टेक्नोलॉजी के दौर में सब कुछ बदल गया है न औरत जात की पहले जैसी शक्ल देखी जा सकती है और न मर्द जात की।

अब इस दौर में सेक्सी शब्द अलग रूप ले चुका है। यह शब्द समाज के व्यक्तित्व के खूबसूरत व शालीन रूप को प्रस्तुत करने में सुंदर लगता है। लेकिन जब यह अपना सम्मोहनकारी रूप अलगकर उत्तेजना व अश्लीलता के दायरे में कदम रखता है तो वैसे ही इसका गले से उतरना मुश्किल हो जाता है। इसलिए मैं बताना चाहूँगा कि इस शब्द का इस्तेमाल सोच समझकर करें। आस पास लोगों का विशेष तौर पर ध्यान रखें। हम उम्र लोगों के बीच इस शब्द का इस्तेमाल खप जाता है। कहीं ऐसा न हो कि कभी गलत समय पर इस शब्द का उपयोग आपका सेक्सी होने का खुमार एक ही झटके में उतार दे।

अब इस टैक्नोलॉजी के जमाने में प्यार की भाषा बदल गई है। अब इस दौर जहाँ में प्रेम करने वाले लोगों को अपने लोगों से बात करने में कोई परेशानी नहीं होती है। क्योंकि मोबाइल फोन ने उनके बीच की दूरियाँ परेशानियाँ सारी की सारी खत्म कर दी हैं। अब मोबाइल फोन पर ही प्रेमी लोग गुपचुप अपने प्यार की बात कर लेते हैं।

इसीलिए प्यार भी कुछ ऐडवान्स हो गया है। अभी कुछ ही वक्त पहले वो मोहब्बत हुआ करती थी जब एक प्रेमी अपनी प्रेमिका को प्रेमपत्र लिखकर बड़ी मुश्किलों से अपनी प्रेमिका तक पहुँचाता था। और जब वह प्रेमपत्र प्रेमिका के पास पहुँच जाता था तो प्रेमिका प्रेम पत्र देखकर शरमा जाया करती थी। लेकिन आज के दौर में मोहब्बत की तस्वीर कुछ और ही है। अब प्रेम करने वाला जोड़ा एक दिन में दस बार कॉल करता है फिर भी उनकी बात खत्म नहीं होती है। आप क्या इसे कहेंगे ये प्यार है नहीं सिर्फ आकर्षण मात्र है। ये प्यार नहीं हो सकता है। क्योंकि यही वो वजह है जो एक सीधे साधे इन्सान को सेक्सी बना देता है। और सेक्स करने पर मजबूर कर देता है। मोबाइल जहाँ हमारे लिए एक वरदान था वहीं अब ये अभिशाप हो गया है। क्योंकि मोबाइल फोन पर भी अब सेक्स का क्रेज बढ़ता जा रहा है। इसी वजह से पंद्रह साल की लड़कियाँ सेक्स के प्रति ज्यादा अग्रसर दिखती हैं। विवाह से पहले सेक्स के मामले में महिलाए पुरुषों से आगे निकल गई हैं। और रही बात नौजवानों की तो अब वो भी कम नहीं हैं और ऐसे ही लोग प्रेम का दावा करते हैं। आप बता सकते हैं कि प्यार को समाज गलत क्यों कहता है? शायद आप नहीं बता सकते हैं।

जो वजह मैंने तलाश की है वो ये है कि समाज प्यार को गलत नहीं कहता है बल्कि उसको गलत बताता है। जो हम प्यार के सहारे सेक्स करते हैं प्यार में जो कुछ किया जाता है उसी को समाज गलत कहता है। इसीलिए ये समाज कहता है कि प्यार गलत है प्यार सिर्फ सेक्स है भूख है। बस अगर प्यार किया तो अंजाम बुरा होगा। जो लोग इस प्यार को इस तरह बर्बाद कर रहे हैं वही लोग कैरेक्टर लेस कहलाते हैं। ऐसे लोग इस समाज से अपने माँ व बाप से तो बच सकते हैं। लेकिन अपने आप से कैसे बचेंगे। आज आप मजे में सेक्स करते जा रहे हो लेकिन जब कल आपके सामने यही सेक्स का मजा मुश्किलों का पहाड़ लेकर खड़ा होगा तब आप अपने आपसे कैसे बचेंगे।

हाँ मैं जानता हूँ कि खूबसूरत औरत अपने से एक मुकाम हासिल करती है। तो बहुत से लोग उसके चरित्र पर सवाल उठाने लगते हैं। हमारा पुरुष प्रधान समाज एक स्त्री के स्वतंत्र व्यक्तित्व को स्वीकार ही नहीं कर पाता इसलिए एक सरल लड़की को हमेशा शक की नजरों से देखा जाता है। और हमारे पूर्वज लोग कहते थे कि "औरत जात ऐसी चीज है जिसके पेट में कोई बात पचती नहीं है।" तो आप ही बताइये जिसके पेट में कोई बात नहीं पचती है तो उस पर विश्वास कैसे किया जा सकता है।

31

सम्मान के लिए खून

अऐ मोहब्बत तेरे अंजाम पर रोना आया।
विद्रोह के सबब तुझसे मिलन हो ना पाया।।

21वीं सदी के दौर में भी हमारे देश में अब भी कुछ जगह ऐसी हैं जहाँ जहालत का अन्धेरा छाया हुआ है। आज भी हमारे देश में कुछ लोग ऐसे हैं जो मध्ययुगीन बर्बरता के बीच जी रहे हैं। आप अच्छी तरह जानते हैं कि अपने सम्मान के लिए जो हत्या की जाती है उसे अंग्रेजी भाषा में ऑनर किलिंग कहते हैं। यह वह हत्या है जिससे किसी परिवार वंश या समुदाय के किसी सदस्य की हत्या उसी परिवार वंश या समुदाय का शख्स या एक से अधिक सदस्य द्वारा की जाती है और हत्यारे इस विश्वास के साथ इस हत्या को अंजाम देते हैं कि मरने वाले सदस्य के कृत्यों के कारण उस परिवार वंश या समुदाय का अपमान है।

"ऑनर किलिंग" हमारे समाज के लिए एक बड़ा खतरा है। ऑनर किलिंग की घटनाएँ चौंका देने वाली हैं और समाज के लिए एक बड़ा मुद्दा है। इससे निपटने के लिए मौजूदा कानून पर्याप्त हैं। जाँच पड़ताल और जागरुकता पैदा की जा रही है।

लेकिन इस समस्या से निपटने का कोई हल नहीं मिल रहा है। देश में धड़ाधड़ हो रही ऑनर किलिंग से पूरा देश सदमें में है।

मेरी मुलाकात एक ऐसे परिवार से हुई जो ऑनर किलिंग जैसी पीड़ा से गुज़रा था। वे अपने सूखे हलक से इस गुनाह को कुबूल कर रहे थे।

यह परिवार इस वरदात के लिए किसी की हमदर्दी नहीं चाह रहा था। क्योंकि उनका सोचना था कि लोग आएँगे और केवल हंसी उड़ाएँगे गाँव समाज के अधिकांश स्त्री पुरुष ऐसी घटनाओं के पीछे नाजायज़ यौन संबंधों को कारण मान रहे थे। जिस परिवार पर ऑनर किलिंग का दोष लगा था समाज में उनकी सामाजिक प्रतिष्ठा ज्यादा ऊँची नहीं थी और उनकी आर्थिक स्थिति भी ज्यादा अच्छी नहीं थी। इसी कारण अपराधी परिवार का कहना था कि पूरे गाँव में इस बात की बदनामी थी कि हमारी लड़की के अपने व दूसरे लोगों के साथ नाजायज रिश्ते थे और इसी बात को लेकर मैंने अपनी लड़की की हत्या कर दी और आज भी उनके दूसरे बच्चों के वैवाहिक रिश्ते बनाने में परेशानी आती है। उस गाँव में काफी पढ़े लिखे लोग भी थे। जब मैंने नाजायज़ यौन संबंधों व इसके लिए की जाने वाली हत्याओं पर खुलकर बातचीत करने की कोशिश की तो लोगों ने बेबाकी ढंग से भागदारी ली। लोगों ने अपने मन से ये स्वीकार किया कि प्रेम संबंधों में बुराई नहीं है। लेकिन ये काम खुले आम करना भी सही नहीं है। हमारे भारतीय समाज में प्रेम संबंधों की पूर्ण मान्यता है।

लेकिन आवैध संबंधों की मनाही है। आखिर ऑनर किलिंग के लिए गरीब फैमिली को किसने उकसाया ये सोचने का विषय है। समाज के लम्बरदार व मठाधीश ही ऐसे लोग हैं जिन्होंने स्वयं न बनकर झुठी शान बनाई है और भूमिका की जगह व्यक्ति ज़्यादा महत्त्वपूर्ण कर दिया गया है। और समाज के गरीब लोग इनका मजबूरी में अनुकरण करते हैं। अब इन लोगों को कौन समझाये की ऑनर किलिंग में अपने प्रियजनों की हत्या से सम्मान कैसे बचा रह सकता है।

अन्धे बहरे समाज में परिवार व समाज के नियंत्रण की कोई जगह नहीं है। सब कुछ ठेकेदार के समाज में रहना चाहिए ताकि इससे उनका धन्धा चल सके जैसे कि किसी मामले की जानकारी मीडिया को लगती है तो पूरा मीडिया चीख चीखकर वो चर्चा आम कर देता है। इससे गरीब आदमी की साहयता कम और बदनामी ज्यादा हो जाती है। इसी के बचाव के लिए गरीब आदमी अपनों की जान ले लेता है।

एक तो हत्या करने के बाद यह रुढ़िवादी लोग अपने बच्चों की जान से भी हाथ धो बैठते हैं तो दूसरी ओर सारी उम्र जेल काटने के लिए भी

ये तैयार रहते हैं। ऐसे में इन लोगों को ऑनर या सम्मान का कौन सा पहलू दिखाई देता है यह बात समझ से परे है।

इन्सान की तरक्की के कदमों ने चाँद की सतह तक को छू लिया है। दूसरे ग्रहों के रहस्य भेदने की ओर है लेकिन उनका अपना खूबसूरत ग्रह धरती कुरीतियों कुसंस्कारों और रूढ़ियों से दिन–ब–दिन कलुबित और मलिन होता जा रहा है। देखा गया है कि मध्यम वर्ग के प्रेमी युगल काफी संकट से गुजरते हैं। कहीं ग्राप पंचायत के तालिबानी फरमानों के तहत उनकी हत्याएँ की जा रही हैं, तो कहीं रुढ़िवादी समाज के भय से आतंकित प्रेमी जोड़े आत्महत्या करने को भी मजबूर हो रहे हैं। यह क्या हो रहा है समझ में नहीं आ रहा हैं कहीं दौलत को सब कुछ मानकर और एक लड़की एक लड़के के विरूद्ध अन्धे, गूँगे और बहरे के साथ शादी करना भी एक ऑनर किलिंग का प्रतीक है। अब यह संसार कितना बदल गया है समझ से बिलकुल परे हैं।

मानव अधिकार संस्था ह्यूमन राइट्स वॉच सम्मान हत्या को निम्न रूप से परिभाषित करती है।

सम्मान की रक्षा के लिए किए गये अपराध हिंसा के वो मामले हैं जिन्हें परिवार के पुरुष सदस्यों ने अपने ही परिवार की महिलाओं के खिलाफ इस लिए अंजाम दिया है क्योंकि उनके अनुसार उस महिला सदस्य के किसी कारणों से समूचे परिवार की गरिमा और सम्मान को ठेस पहुंची है। इस का कारण कुछ भी हो सकता है। जैसे कि परिवार द्वारा नियत शादी से इनकार करना, किसी यौन अपराध का शिकार बनना, पति से तलाक की मांग करना या फिर अवैध संबंध रखने का संदेह केवल ये धारणा ही उस महिला सदस्य पर हमले को उचित करने के लिये कोई है कि उसके किसी कदम से परिवार की इज्जत को धब्बा लगा है।

अपमान की अन्य धारणाएँ

- फैमिली की मर्जी के खिलाफ अपनी मर्जी से लव मैरिज करना।
- फैमिली द्वारा तय विवाह से इनकार करना।

- विवाह से पहले या विवाह के बाद यौन संबंध स्थापित करना।
- समलिंगी आचरण करना।

अब मेरी रूढ़िवादी लोगों से गुजारिश है कि बच्चों की हत्या करने के बजाय बचपन से ही अपने बच्चों में ऐसे तहजीब के मोती पिरोएँ कि वे जवानी की दहलीज में कदम रखने के बाद विरासत में मिली अपनी उन परम्पराओं के खिलाफ जाने की बात कभी अपने ज़हन में ला ही न सके।

परन्तु प्रेमपाश में बंधकर यदि कोई बच्चा ऐसा कदम उठा भी लेता है तो उनकी हत्या कर देने या उनके बीच भाई बहन का रिश्ता कायम करने या गांव छोड़कर चले जाने जैसे तुगलकी फरमान जारी करने का किसी भी समुदाय अथवा पंचायत को कोई भी हक कतई नहीं हैं।

इस तरह के फरमान सरासर अमानवीय तथा मानवता को शर्मसार करने वाले हैं गाँव वालों से भी अनुरोध है कि वे सदियों पीछे जाने के बजाय आज के युग में आए अपने दिलो और दिमाग को खुला रखें इसके आलावा अगर मेरे बताने से किसी को ठेस पहुंचती है तो मुझे क्षमा करें। मेरा मतलब किसी का दिल दुखाने का नहीं है और ईश्वर से प्रार्थना करता हूँ कि हम सभी को मर्यादा और समर्थन देने वाले भाव जगाएँ।

32

खूबसूरती जवानी और हवस

कहते हैं कि इश्क बड़ी अजीब चीज़ है और थोडी रिस्की भी। आप अच्छी तरह जानते हैं कि प्रेम की शुरुआत सबसे पहले आँखों से शुरू होती है। और होंठ हाले दिल बयान करते हैं और सबसे कमाल की बात यह होती है कि आपको प्यार कब कहाँ और कैसे हो जाएगा आप खुद भी नहीं जान पाते। प्रेम में सबसे बेहतर बात यह होती है कि जब प्रेम पनपता है।' तब अहंकार टूटता है। अहंकार टूटने से सत्य का जन्म होता है। परन्तु यह हालात तो बहुत ऊपर के हैं। यदि हम प्रेम में श्रद्धा मिलाए तो प्रेम भक्ति बन जाता है। जो लोक परलोक दोनों के लिए कल्याणकारी है। अगर मीरा या सूफी सन्तों के प्रेम की बात करें तो उनका प्रेम अमृत है।

खूबसूरती का गुणगान करना लड़कियों को एकटक निहारना लड़कों को अच्छा लगता है। पर कुछ लड़के ऐसे भी होते हैं जो लड़कियों को तब तक घूरते रहते हैं जब तक आस पास के लोग असहज न हो जाएँ। बाकई खूबसूरती एक बड़ी बला है और प्रेम उसकी जवानी है। पूरे जीवन के दौर में एक ऐसा दौर आता है जिसे जवानी का दौर कहते हैं। इस दौर में इन्सान पूरी तरह खूबसूरती से लबरेज़ होता है। दिलो दिमाग में नई उमंगों की पंखुड़ियाँ खुलती हैं इस जवानी के दौर में इंसान को कुछ कर दिखाने की उत्तेजना होती है और यही वो दहलीज होती हैं जहां से भटकना संभलना होता है। जो लोग प्रेम की छाया का सहारा लेकर आगे बढ़ते हैं और विवाह से पूर्व या विवाह के बाद आपनी पत्नी या पति के अलावा अन्य किसी की खूबसूरती या जवानी की लौ में बहक जाते हैं यही बहकना यानि

यौन संबंध की लालसा उन्हें डुबा देती है और शुरू हो जाती है ज़िन्दगी की बुरी कहानी।

काफी पुरानी बात कही जाती है कि जब स्पेन के सम्राट थे चार्ल्स चतुर्थ चार्ल्स तृतीय के भाई की बेटी मारिया लुइसा चार्ल्स चतुर्थ की पत्नी थी मारिया चार्ल्स चतुर्थ की चचेरी बहन थी तब मारिया की उम्र मात्र 14 वर्ष की थी जब उसकी शादी चार्ल्स चतुर्थ से हुई। ऐशो आराम में पली बढ़ी मारिया 14 वर्ष की उम्र में भी युवती लगती थी। उसका भरा पूरा शरीर था। मारिया बहुत सुंदर थी वह निडर और चंचल भी थी। चार्ल्स चतुर्थ और मारिया की उम्र में फर्क था। सम्राट बदसूरत सुस्त और कमजोर था। सम्राट के साथ एक बार जो सेक्स का मजा मारिया ने चखा तो उसकी भूख बढ़ गई। परन्तु कई बार सम्राट के असफल रह जाने पर वह परेशानी महसूस करती। वह राज काज के संचालन में भी सम्राट के साथ थी। ऐसे में महल के ही एक दास से उसका शारीरिक संबंध बना तो उसे बड़ा सुख प्राप्त हुआ। इसके बाद जैसे ही उसके कदम बहके सीधे न पड़ सके। वह एक के बाद एक मर्द साथी बदलती चली गई। करीब करीब उसने बारह बच्चों को जन्म दिया। उसे यह पता ही नहीं था की किस बालक का रियल फादर कौन है सम्राट मारिया की हर एक बात को बखूबी जानता था। मारिया जिस मर्द से बहुत खुश होती तो उसे आला मकाम पर नियुक्त करा देती। सम्राट ने मारिया को समझाने की बहुत कोशिश की पर मारिया से उसे सिर्फ जली कटी सुनने को मिली। उसने हालात से समझौता कर लिया।

एक बार जासूसों ने सम्राट से शिकायत की महामहिम सम्राट महारानी जी छोटे नौकरों तक से अपनी सेक्स की भूख शान्त करती हैं। सम्राट बोले उसकी जैसी महारानियाँ जब बेवक़्त शरीर सुख उठाने की इच्छुक हों तो छोटे मोटे लोग नहीं मिलेंगे तो क्या मेरे जैसे व्यस्त सम्राट मिलेंगे और फिर नौकर नौकरानियों को रखा किस लिए जाता है। जासूस इस बात पर सन्न रह गए। मारिया की वासना कम न हुई और खूब धन लुटाती गई यहां तक मारिया के चेहरे पर जब झुर्रियां पड़ गईं तब भी वह अपने समय की सबसे सुन्दर रानी थी लेकिन बदनाम....

मारिया की आधी से ज्यादा उम्र व्यतीत होने के बाद भी जवान लोग पैसे

के लिये उस पर मर मिटते थे पहले खूबसूरती और जवानी उन्हें खींच लेती थी लेकिन अब पैसा खींचता था। मारिया के संबंध नौकरों सैनिक और दरबारी आदि लोगों से थे।

एक दिन मारिया के जीवन में एक लम्बी चौड़ी कद काठी का सैनिक गोदाय आया। गोदाय से रानी ऐसी तृप्त और खुश हुई कि गोदाय को हमेशा के लिए अपना बना लेने के लिए इच्छुक हुई और एक दिन सम्राट चार्ल्स के सामने अपना प्रस्ताव रखा यहाँ के मर्दों में प्रधानमंत्री बनने के योग्य सिर्फ गोदाय है।

चार्ल्स ने उसके नाम पर मुहं बिचकाते हुए, कहा वह तो एक साधारण सैनिक अफसर बनने के लायक भी नहीं है प्रधानमंत्री क्या खाक बनेगा। वह सात जन्मों में भी प्रधानमन्त्री नहीं बन सकता है। मारिया ने चार्ल्स की बात काटते हुए कहा आपने गोदाय की योग्यता को अभी आँका नहीं है। वह बड़ा काबिल आदमी है। मैं उसे प्रधानमन्त्री बनाने का वादा कर चुकी हूँ। चार्ल्स बोले राज्य का शासन वादों से नहीं चलता मैं गोदाय जैसे नकारा को प्रधानमन्त्री नहीं बना सकता। लेकिन मारिया ने सम्राट के जीवन में क्रांति लिख दी। क्रांति लिखने से मतलब है मारिया की जिद के आगे सम्राट विवश हुए और गोदाय पच्चीस वर्ष की उम्र में प्रधानमन्त्री बन गया। आगे गोदाय रानी को घुड़सवारी सिखाता और शारीरिक भूख शान्त करता। रानी के सहयोग से शासन में दबदबा कायम कर वह शक्तिशाली हो गया। आगे चलकर उसने चार्ल्स को हटाकर सिंहासन पर काबिज होने का प्रयास किया।

परन्तु जनता ने उसका प्रयास विफल कर दिया और अंत में बुरी तरह बदनाम हो मारिया गोदाय के साथ रातों रात स्पेन से भाग गई और आज हम उसे कामुक रानी के नाम से जानते हैं।

फ्रायड ने कहा था "कि सेक्स रचनात्मकता की प्रेरणा है" एक सवाल ज़हन में और उठता है कि पत्नी के अलावा एक या अनेक प्रेमिकाओं की जरूरत क्यों?

इस सवाल का जवाब देना आसान नहीं है। अगर आप रचनाकार की

दुनिया में आएें तो नायपॉल ज्यांपॉल सार्म आदि विचारक भी प्रेम जाल में फँसे रहे। अब अगर सोचें सेक्स का कारण क्या है?

टैक्सास विश्वविद्यालय के शोधकर्ता मानते हैं कि सेक्स के लिए प्रेरित होने के लगभग 239 कारण हैं। युवक और युवतियों का एक दूसरे के प्रति आकर्षित होना प्रथम कारण है। कॉलेज में शारीरिक सुख प्राप्त करने की तीव्र इच्छा जागृत होने का कारण यही है। इस इच्छा के चलते लिव इन रिलेशनशिप जैसे संबंध पनपने लगे हैं। शोधकर्ता ये भी मानते हैं कि किसी से बदला लेने के लिए भी सेक्स सब में अजीब कारण है। स्त्रियाँ किसी स्त्री या पति से बदला लेने के लिए भी संभोग करती हैं। समझ में नहीं आता प्रेम वासना है या फिर चाहत................

मैं मानता हूँ कि प्रेम में काम का महत्वपूर्ण स्थान है लेकिन महज वासना के दम पर उपजे प्रेम का अंत तलाक ही होता है। जबकि चाहत के रंगों में रंगा प्यार ज़िन्दगी भर बहार बनकर दिलों में खिलता है। जिसकी महक उम्र भर आपके साथ होती है। सच्चा प्यार जीवन को सच्चा बना देता है लेकिन एक झूठा प्यार जीवन को तबाह कर देता है।

वैज्ञानिकों का मानना है कि इन्सान को इस जिन्दगी में कम से कम चार बार प्यार होता है लेकिन पहले प्यार की महक हमेशा ताजा रहती है। आप अच्छी तरह जानते हैं कि हर इन्सान के दिल में एक चोर छिपा होता है लेकिन इसका मतलब ये भी नहीं की किसी को धोखे में रखा जाए। मारिया लुइसा की काहानी से जो निष्कर्ष निकलते हैं वो अपनी धारणाओं से समझने की कोशिश करे बस मैं इतना कहना चाहूँगा कि कुछ कर दिखाने के दौर में सेक्स जैसी हवस का शिकार ना ही बनें तो बेहतर है। में सेक्स के खिलाफ नहीं हूँ लेकिन हराम करके मत खाओ हलाल बना कर खाओ।

33

भावनाओं के साथ खेल

वैसे तो प्यार के नाम हजार हैं पर सच तो ये है कि यह अपनेपन की एक भावना है। प्यार कोई सौदेबाजी की चीज़ नहीं है। प्यार तो बस हो जाता है जो बढ़ता ही चला जाता है और सच्चा प्यार वह है जिसमें किसी तरह की कोई बंदिश या शर्त नहीं होती। जिस मानव के जीवन में प्रेम नहीं है वह सूखे पेड़ के समान नीरस और बोझिल है।

बाइबल हमें सिखाता है कि सच्चा प्यार भावना है। प्रेम रोगी है। प्रेम दयालु है ये ईर्ष्या नहीं करता है। यह दावा नहीं करता है। यह कठोर नहीं होता है। यह आसानी से नाराज़ नहीं होता है। यह खामियों का कोई रिकॉर्ड नहीं है। यह हमेशा एक–दूसरे पर भरोसा करता है और हमेशा की उम्मीद है। कुछ भावनाएं हमारे जीवन में आश्चर्य के रूप में आती हैं जो कम समय के लिए होती हैं और कुछ भावनाएं प्यार के रूप में आती हैं जो कई वर्षों तक के लिए होती हैं।

हम सभी की ज़िन्दगी में एक शख्स ऐसा जरूर आता है। जिसके साथ हम अपना भविष्य देखते हैं। हमारी भावनाएँ इस कदर बढ़ जाती हैं कि उसी को हम अपनी दुनिया समझकर सेटिस्फाइड हो जाते हैं। मुंशी प्रेम चन्द्र के अनुसार ''प्रेम कोई सीधी साधी गाय नहीं है खूंखार शेर है जो अपने शिकार पर किसी की आँखें नहीं पड़ने देता। बात सही है इश्क इतना आसान तो नहीं है क्योंकि प्यार करना मुश्किल नहीं होता है। मुश्किल होता है तो सिर्फ उसे निभाना।

आप अच्छी तरह जानते हैं कि हर इन्सान के दो पहलू होते हैं एक अच्छा तो दूसरा बुरा यानि एक पास्ट तो दूसरा फ्यूचर कुछ फैसले कितने मुश्किल होते हैं कि समझ में नहीं आता है कि आग में जलकर मरे या पानी में डूबकर ये सच है प्यार जैसा कोई एहसास नहीं है। प्यार ही ऐसी चीज है जो ज़िन्दगी के मायने बदल देता है। लेकिन प्यार का रिश्ता बड़ा नाजुक होता है। प्यार जैसा रिश्ता एक विश्वास की डोरी में बंधा होता है। विश्वास की डोरी टूटते ही प्यार भी टूट जाता है। इसलिए रिश्तों को कायम रखने के लिए आपको अपने ऊपर विश्वास होना चाहिए और इसके साथ–साथ अपने साथी पर भी विश्वास होना चाहिए।

आजकल जिस तेजी से अफेयर्स महानगरों की तहज़ीब बन रहे हैं वहीं दिल की लगी के बीच दिल्लगी भी बढ़ रही है। दिलों का मिलना और दिलों को तोड़ना भी तेजी से पनप रहा है। यहाँ एक दूसरे की भावनाओं को ठेस पहुंचाने का काम जारी है।

जब प्यार के बीच किसी तरह की कोई शर्त आ जाती है। तो प्यार का नाम तार तार हो जाता है। एक ऐसी महबूबा जो अपने आशिक के सामने किसी प्रकार की कोई शर्त रखती है तो ये समझ लेना चाहिए कि ये उसकी बेवफाई का पहला चैप्टर है। शर्त रखने वाली नाजूरा (प्रेमिका) एक दिन नासूर बन जाती हैं। इस चलती दुनिया में प्रेम भी हमेशा हुआ है और उसका विद्रोह भी होता चला आया है। ऐसा लगता है इमोशनल गेम खेलना लोगों का शौक बन गया है। ये दौर एक फैशन परस्त दौर है। इसलिए इस दौर पर ज्यादा ग़ैर करना चाहिए..................

इश्क में इकरार और तकरार तो चलता ही रहता है लेकिन ऐसा मोड़ भी आ जाता है कि उन प्यार करने वालों के रास्ते भी अलग हो जाते हैं। खासतौर से दौलत के खिलाड़ी कभी भी दूसरों के जज्बातों को नहीं समझते हैं। जहां भी इनको मौका मिलता है ये फुटबॉल गेंद समझकर वहीं खेलते हैं। इनके मोहब्बत का पैग़ाम हमेशा धोखे से भरा हुआ होता है। ये अपने फायदे के लिए नफ़रत उगलने में भी देरी नहीं करते हैं। कहीं–कहीं तो ये दौलत के खिलाड़ी दिल दलाली भी करते है। इसलिए इनको अपने आसमानों का बोझ उठाये रहने दो। कही ऐंसा न हो तुम्हारी हमदर्दी को

भी ये मज़ाक समझ बैठें याद रखो थोड़ी सी हँसी के खातिर ज़िन्दगी का रोना भी मिलता है। इसलिए अपने जज़्बातों का जनाज़ा कभी निकलने मत देना। ये सारी बातें आपके समझने की हैं।

मैं एक बार बताना फिर चाहूंगा कि प्रेम एक दिव्य अलौकिक एवं वंदनीय तथा प्रफुल्लता देने वाली चीज है। प्रेम मनुष्य में करुणा दुलार स्नेह की अनुमति देता है। फिर चाहे भक्त का भगवान से हो, माता का पुत्र से या प्रेमी का प्रेमिका के लिए हो सभी का अपना अपना महत्व है। अगर आप भी सच्चे वेलेंटाइन की तलाश में हैं जो ताउम्र आपके साथ चले आपकी भावनाओं का मज़ाक न बनाए ऐसे वेलेंटाइन को सर्च करना मुश्किल तो है लेकिन ये मुश्किल नहीं की हम उसे सर्च न कर सकें। ऐसा माना जाता है कि वे मानव जो आदत से और दरियादिल होते हैं वही अधिक भरोसेमंद होते हैं। वे युवा जो धार्मिक होते हैं उन्हें अपने साथी को धोखा देने की संभावनाएं बहुत कम होती हैं। अगर कोई युवा या महिला साथी धार्मिक न हो और आप से ज्यादा दूर समय बिताता हो तो सावधान हो जाइए क्योंकि वो आप से बेवफाई ज़रूर करेगा।

मैं छः बातों को आपके सामने और रखना चाहता हूं। ये वो छः बातें हैं जो औरत जात को बिलकुल भी रास नहीं आती हैं।

ये कहना कि तुम्हारी मम्मी तुमसे ज्यादा ब्यूटिफुल हैं।
तुम्हारे डैडी तुम्हें लेकर कुछ ज्यादा ही फिक्रमंद रहते हैं।
मेरी मम्मी तुमसे अच्छा खाना बनाती हैं।
यह ड्रेस तुम पर जमती नहीं हैं।
तुम्हारा वज़न काफी बढ़ गया है।
हम बच्चा अभी अफोर्ड नहीं कर सकते हैं।

ये बातें भी भावनाओं को चोट पहुँचाने वाली बातें हैं। इसलिए इन बातों का भी ख्याल रखें।

अब मैं आपसे नसीहत भरी कुछ बातें करना चाहता हूँ। कहा जाता है नसीहत लेकर आगे बढ़ने एक बेहतर जीवन जीना है। सचमुच ये बात बिलकुल सही है।

नसीहत भरी चन्द बातें–

- किसी का दिल मत दुखाओ क्योंकि तुम्हारा भी दिल कोई दुखा सकता है। बुरी किताबें ऐसा ज़हर हैं जो जिस्म को ही नहीं रूह को भी मारती हैं।
- चापलूस इसलिए आपकी चापलूसी करता है क्योंकि वो आपको बेहतरीन बेवकूफ समझता है। जबकि आप ये सुनकर बहुत खुश होते हैं।
- सबसे अच्छी दौलत वो है जो अपनी कोशिश से हासिल हो।
- हर मीठी ज़ुबान को दोस्त की ज़ुबान समझ लेना सख़्त ग़लती है।
- अधलाक जिस्मानी हुस्न की कमी पूरी कर देता है।
- वक्त ऐसा लम्हा है जिसमें हर इन्सान की तकदीर का फैसला होता है।

इस भाग–दौड़ भरी जिन्दगी में लोगों के पास खुद के लिए भी वक्त नहीं रह गया है। ऐसे में किसी ऐसे इन्सान को तलाश करना जो आपके समय का पूरा ध्यान रखे तो यह काफी मुश्किल काम है। फिर भी किसी की भावनाओं के साथ या खासतौर से अपने साथी की भावनाओं के साथ खेल नहीं खेलना चाहिए किस तरह से हम अपने साथी की भावनाओं को चोट पहुँचाते हैं आओ जानते हैं कुछ इन टिप्स के साथ.............

- यह सच है आपका कामकाज और आपकी नौकरी आपके लिए जरूरी है और आपके साथी के लिए उतना ही महत्व रखता है जितना आपके लिए आपका काम जरूरी होता है। आपका साथी आपकी तरक्की से भी खुश होगा। लेकिन अगर आप अपने काम की ज्यादा वैल्यू समझने लगें या मिलने का वादा करके अपने काम की वजह से टाल देंगे तो आपका साथी आपकी प्राथमिकताओं को गिनना शुरू कर देगा।
- कुछ नॉरमल बातें भी आपके साथी को नाराज कर सकती हैं। एक वेलेंटाइन की बजाय माँ की तरह दी हुई सलाह उसे कभी पसंद नहीं आएगी। उसके पहनने, खाने–पीने उठने–बैठने जैसी पर्सनल बातों में आपका दखल भी उसे नाराज़ कर सकता है।

- सबसे अहम और बड़ी बात ये है कि अपनी गर्लफ्रैंड की इमोशन को ठेस न पहुँचाए। खासतौर से उन्हें ये खबर लग जाए कि आपके रिलेशन किसी और से भी है। या जब अपने साथी के कैरेक्टर पर शक करते हैं तो कुछ ऐसी ही बातें आपके साथी की भावनाओं को चोट पहुँचाती हैं।

- अपनी गर्लफ्रैन्ड के सामने स्टाइलिश होना जरूरी नहीं है। बात यह जरूरी है कि आप किस स्टाइल में बेहतर महसूस करते हैं। उसकी पसन्द ना पसन्द का भी ख्याल रखें। अपनी गर्लफ्रैन्ड को कभी भी समय में न बांधे।

- अक्सर ऐसा देखा जाता है बॉयफ्रैन्ड हमेशा अपनी गर्लफ्रेन्ड पर अनावश्यक शासन करने लगते हैं। उसकी आजादी को बाँधने की कोशिश करने लगते हैं इत्कादि अपनी गर्लफ्रैन्ड को रोक टोक कर गुलाम न बनाओ।

ये छोटी सी कोशिश आपको समझाने की है। अगर आपको इसमें किसी प्रकार की बुरी लगती है तो मैं बेझिजक आपसे माफी माँगता हूँ। आगे बढ़ते हुए एक बात और कहना चाहूँगा कि जब भी आपको वक्त मिले अपनी गर्लफ्रैन्ड से मिलकर बातें करें जब भी वह खूबसूरत लगे तारीफ करना न भूलें।

34

बदनामी का दाग

धरती पर बसने वाली मानवजाति सदियों से हज़ारों धर्मों तथा लाखों आस्थाओं एवं विश्वासों के साथ अपना जीवन गुजारती आ रही है और सदियों से ही अवगुणों की गुणों से तुलना होती आ रही है। कहा जाता है बदनामी वह दाग है जो किसी साबुन या वाशिंग पाऊडर से साफ नहीं किया जा सकता है। बदनामी जैसा दाग चाहें किसी भी व्यक्ति में लगा हो बदनामी तो आखिर बदनामी होती है। खासतौर से कुछ लोग प्रेम जैसे शब्द को बदनामी का प्रतीक मानते हैं। ऐसे लोग कहते हैं प्यार, चाहत लव जैसी बातें सुनने में अच्छी लगती हैं। रियल लाइफ में इन सबका कोई मतलब नहीं है। आजकल प्यार जैसे शब्द का अर्थ समझता कौन है। प्यार का नाम लेकर एक दूसरे की जिन्दगी से खिलवाड़ किया जाता है। अपनी हवस को पूरी करने के लिए प्यार जैसे एहसास का खून किया जाता है। बदनामी का दाग लेकर जीना पड़ता है या तो प्रेम करने वाले खुदखुशी कर लेते हैं और तो और माँ बाप को भी बदनामी सहनी पड़ती है। समाज के लोग उन्हें भला बुरा कहते हैं। वो दुनिया वालों को मुँह दिखाने के काबिल न रहते हैं। परिवार व समाज प्रेमी जोड़े को एक न होने देते हैं। अगर वो एक हो भी जाते हैं तो दो परिवारों में दुश्मनी हो जाती है जन्म देने वाले माँ बाप से नाता टूट जाता है।

जब किसी परिवार में एक लड़की जन्म लेती है तो माता पिता ये सोचकर पालन पोषण करते हैं कि वो बड़ी होकर उनके आदर्शों पर चले। जहाँ कहीं भी उसकी शादी हो वो अपने माँ बाप की इज्जत बढ़ाए और वो

लड़की ये सब छोड़कर चार दिन पहले मिले अजनबी पर विश्वास कर माँ बाप की भावनाओं व परंपराओं को भूलकर उस आजनबी के साथ भाग जाती है। माँ बाप की बर्षों की परवरिश को एक पल में बदनाम कर देती है। क्या गुजरती होगी उन माँ बाप पर वो ये सोचकर बेटी को बड़ा नहीं करते हैं कि वो उन्हें बदनाम करेगी। वरना जन्म लेते ही उसे मार देते। माँ बाप इस विश्वास के साथ अपनी बेटी को बड़ा करते हैं कि वो उनका सिर गर्व से ऊँचा करेगी और जब एक लड़का जन्म लेता है तो माँ बाप के हजारों अरमान होते हैं कि बड़ा होकर उनके बुढ़ापे का सहारा बनेगा। वंश को आगे बढ़ायेगा लेकिन लड़का लड़की के चक्कर में पड़कर अपने कर्तव्य को भूल जाता है कि उनके जन्म दाता किसके सहारे जिएँगे। हमारे माता–पिता खुशियों का गला घोंट हमारी हर इच्छा पूरी करते हैं। लेकिन हम लोग उसके बदले में क्या देते हैं आँसू, धोखा सिर्फ बदनामी कितने स्वार्थी हैं हम।

ये सच है हमारे देश में हर तीन किलो मीटर पर बोली बदल जाती है और हर छः किलो मीटर पर पानी का स्वाद बदल जाता है तो इसका मतलब ये नहीं कि हम अपनी संस्कृति या संस्कारों को बदल दें। थोड़ा हमको अपनी सभ्यता के बारे में भी सोचना चाहिए।

इस बात से आप अच्छी तरह वाकिफ हैं कि सामाजिक मनुष्य अपनी आदतों के अधीन होकर काम करता है। जबकि ज्ञानी आदमी इनको पहचानते हुए अपने दिल से किसी काम को करने या न करने का निर्णय लेता है। देखा जाए तो समाज में ज्ञानी आदमी बहुत कम होते हैं। आपसी बातचीत में लोग एक दूसरे से कहते हैं क्यां आदमी में वह दोष है। आदमी यह बुरा काम करता है फलां आदमी इस तरह का क्या तिचार पालता है या वह क्या खाता पीता है। इस तरह आदमी यह साबित करना चाहता है कि फलां आदमी बुराई में बुरी तरह लिप्त है। लेकिन ज्ञानी आदमी अपना आत्मंथन करता है वह दूसरों की बजाय अपनी कमियों को ढूँढकर उनको दूर करने का प्रयास करता है। तुलसी दास जी अपनी पंक्तियों में कहते हैं।

'तुलसी' जे कीरति चहहिं पर की कीरति खोई।
तिनके मुँह मसि लागहैं मिटिहि न मरिहैं धोई।।

दूसरों की बुराई कर प्रतिष्ठा पाने का विचार ही बेवकूफी से भरा हुआ होता है। दूसरों को बदनाम कर अपनी तारीफ गाने वालों के मुँह पर ऐसी कालिख लगेगी जिसे कितना भी धोया जाए मिट नहीं सकती।

ये बात बिलकुल सच है कि मॉडर्न टाइम में आदमी धन शोहरत और बाहुबल अर्जित करने के प्रयास में लगा रहता है। न उसकी पर्सनल लाइफ में आकर्षण न उसके प्रोफेशन में कोई गुण दिखता है। इस विषय पर एक कहावत कही जाती है कि

कानी अपनों टेंट न निहारे।
दूजे को पर पर झांके।।

इस कहावत से ये निल्कर्ष निकलता है कि एक व्यक्ति दूसरे व्यक्ति पर न जाने कैसे–कैसे दोष निकालता है लेकिन अपने गिरेवान में झाँक कर नहीं देखता कि मैं कितना बड़ा पापी हूँ।

हमारा देश सरकारों वाला देश है। हमारे देश में हर किस्म के लोग रहते हैं। समाज हो या देश हो हम ही उसे सुंदर बनाते हैं और उसे अच्छा करते हैं। शराब पीने वाले व्यक्ति को हम शराबी कहते हैं। जुआँ खेलने वाले व्यक्ति को हम जुँआरी कहते हैं। ब्याज लेने वाले व्यक्ति को हम ब्याजी कहते हैं। तो क्या बत्तमीजी करने वाले व्यक्ति को हम बत्तमीज नहीं कह सकते। क्यों नहीं बेशक हम उसे बत्तमीज ही कहेंगे। अगर आप किसी व्याभिचारी पुरुष से कहें की बर्फी का स्वाद बहुत बेहतर है जरा इसका स्वाद चखकर देखो तो वो शायद मना कर दे लेकिन यदि आप किसी लड़की के बारे में कहें तो उसके मुँह में पानी आ जाएगा। व्याभिचारी पुरुष लड़कियों का ही रसिया होता है।

जो लोग जुआँ शराब या यौन सम्बन्धों में लिप्त होते हैं उनको अगर नैतिकता का इनस्ट्रक्शन दिया जाए तो वे उत्तेजित होते हैं। लेकिन ज्ञानी आदमी इन सबसे परे होकर जीवन व्यतीत करता है क्योंकि उसे मालूम होता है कि गुण या ज्ञान के संचय के लिए समय कम होता है। तब किसी की निंदा में उसे नष्ट करना बेकार है।

एक बत्तमीज व्यक्ति ही किसी को बत्तमीज बना सकता है और जिसके बालिदेन तुर्श अंगूर खाते हैं उनके बच्चों के दाँत खट्टे हो जाते हैं।

बेहतर और एकदम सही बात है जिनके माँ बाप अपने दौर में गन्दे काम करते हैं उनके बच्चे भी अपने दौर में उनसे बहुत ज़्यादा गन्दे काम करते हैं। सॉरी सॉरी अगर किसी को हमारी बात गलत लगें या चोट पहुँची हो तो मुझे माफ करें। मेरा मक्सद किसी का दिल दुखाने का नहीं है।

किसी को बदनाम करके हम क्या साबित करना चाहते हैं कि हम बहुत पवित्र हैं। मैं सिर्फ इतना ही कहना चाहता हूँ कि हम प्रेम जैसे पवित्र रिश्ते को गन्दी हरकतों से न जोड़े और न ही हम किसी को बदनाम करें। अगर कोई तुम्हें बदनाम करता है तो सब्र जैसी चीज़ खुदा ने बताई है। सब्र रखो सब ठीक होता है क्योंकि समझदारी ही एक ऐसी चीज़ है जो किसी भी दुनिया की युनिवर्सिटी में नहीं पढ़ाई जाती है। आओ ये संकल्प लेते हैं कि हम अपने देश और अपने आपको स्वच्छ बनाएँगे और कभी भी अपने देश की आन बान शान पर आँच न आने देंगे।

35

जीवन साथी

झुकी–झुकी पलकें शरमाता हुआ चेहरा, चेहरे पर हसीन काली लटों का पहरा दिल में कसक आँखों में किसी के मिलने की आस लिए एक लड़की सामने आती है। बहुत ही डरे हुए अन्दाज़ से उसने कहा नमस्ते जी हाथ में चाय का ट्रे लिए हुए। सभी को चाय ऑफर करने के बाद वो लड़की वापिस चली गई। अब वहाँ बैठे सभी कहने लगे कैसी लगी लडकी पसंद आई या नहीं। ये सारी बातें चाय की चुस्कियों के साथ शुरू हो गयीं। सबसे पहले लड़के ने कहा लड़की सुन्दर है और सुशील भी लग रही है। सभी लोगों के पास चाय खत्म हो चुकी थी। अब सभी बाहर चले गए थे। सिर्फ उस लड़के को छोड़कर अब वो लड़की दोबारा उसी कमरे में आती है। अब लड़के और लड़की के बीच गुफ्तगू होती है। पता नहीं 10 से 15 मिनट में उनके बीच ऐसी क्या बात होती है कि वो दोनों शादी के लिए हाँ कर देते हैं।

आपने जिसके बारे में सिर्फ सुना ही हो उसे सिर्फ एक नज़र ही देखा हो और वो भी अभी–अभी जिसके साथ सिर्फ 10 से 15 मिनट बात की उसके साथ सारी ज़िन्दगी बिताने का फैसला कितना बहादुर फैसला होता है। ऐसा फैसला सिर्फ बहादुर लोग ही ले सकते हैं। समझ में नहीं आता सिर्फ 15 मिनट की बातों में हुई पहचान एक लड़का एक लड़की सारी ज़िन्दगी साथ रहने का फैसला कर लेते हैं क्या मजबूरी होती है। अपने माँ बाप को खुश करने के लिए या ये समझकर की माँ बाप द्वारा तय किया गया रिश्ता बेहतर ही होगा। इस बात से थोड़ा--सा परे होकर देखें की वो लोग कैसे होते हैं जो फोटो व घर को देखकर ही शादी के लिए हाँ कह देते

हैं। उनकी तो आपस में बात भी नहीं होती है। देहाती क्षेत्र में अक्सर ऐसा होता है। ऐसी स्थिति में अधिकतर माँ–बाप और समाज का डर अपना काम करता है और शादी के लिए हाँ करवा लेता है। शादी विवाह कोई गुड्डे गुड़िया का खेल नहीं है जिसे मजे के लिए खेला जाए। जीवन में शादी का बहुत महत्त्व है। विश्व भर में हर समाज में विवाह एक आवश्यक सामाजिक परम्परा है। इससे ही जीवन की खुशियाँ जुड़ी हुई हैं। शादी के दौरान सही साथी का चुनाव बहुत जरूरी है।

कुछ लोग ऐसा भी मानते हैं कि जो तकदीर में लिखा होता है वही होता है। जिससे हमारी तकदीर बदी होगी उसी से हमारी शादी होगी। मैं मानता हूँ कि खुदा–ए–करीम हमारी तकदीर पहले से ही लिख देता है। लेकिन ये भी सच है कि खुदा–ए–करीम के लिख देने से बन्दा किसी काम करने पर मजबूर नहीं किया गया और इसका इनकार करने वाला गुमराह व बदमजहब है। तकदीर जैसे विषय पर ज्यादा बहस करना मना है और अपने भाग्य को कोसना एक बड़ा पाप है। जिसके जैसे कर्म होते हैं भलाई या बुराई उसे वैसा ही फल खुदा–ए–करीम की तरफ से मिलता है।

अगर आपने सच्चे दिल से किसी को चाहा या प्यार किया है तो उसकी तड़प भी आप जरूर महसूस करते होंगे क्योंकि प्यार करने के लिए दिल ही नहीं बल्कि दिमाग भी जिम्मेदार होता है। एक प्रेमी या प्रेमिका को अपने पार्टनर के लिए वैसी ही तड़प महसूस होती है जैसी मादक पदार्थ कोकीन का नशा करने वाले को कोकीन के लिए होती है। शादी एक अटूट बंधन है ये रिश्ता हसीन व कोमल होता है। प्रेमी जोड़े को प्रेम विवाह करने की उम्मीद होती है। अक्सर प्रेमी जोड़ा सोचता है कि हम अपने पार्टनर के साथ शादी जैसे बंधन में हमेशा खुश रहेंगे। यही मेरे प्रेम की आखिरी मंजिल है बस और कुछ नहीं। प्रेम विवाह दो व्यक्तियों के आपसी प्रेम परवाह आकर्षण और वादे से हुए मेल को कहते हैं। ये आप अच्छी तरह जानते हैं प्रेम विवाह करने वाले लोग खुद निर्णय लेने वाले होते हैं। अपना निर्णय करने के कारण थोड़े आधुनिक भी होते हैं। समाज का डर उन में थोड़ा कम होता है। ऐसे लोग दूसरों की फिक्र कम ही करते हैं। वे अपनी जिम्मेदारी लेते हैं। अपना भला बुरा समझते हैं। लेकिन ये मान लेना की प्रेम विवाह से खुशियाँ ही खुशियाँ

मिलेगी तो ये जरूरी तो नहीं है। इनके बीच भी विवाद के अवसर आते हैं। विपरीत स्थिति उत्पन्न होती है। ये अलग अलग निर्णय करने से भी घबराते नहीं हैं। इसलिए लव मैरिज में भी विच्छेद की संभावनाएँ रहती हैं।

फैमिली द्वारा तय की गई शादी करने में ज्यादा समझदारी है क्योंकि मम्मी–पापा को शादी का ऐक्सपीरियंस होता है। इस तरह की शादी को संस्कार शादी कहते हैं। अरेंज मैरिज की अवस्था में परिवार वाले शादी निभाने का साथ देते हैं। अरेंज मैरिज करने वालों के मन में परिवार व समाज का दबाव भी काम करता है। समाज भी इसे अच्छा मानता है व ऐसे विवाहों की सफलता पूर्ण मान्यता है।

हमारा ये समाज अपनी मर्जी से जीवन साथी चुनने को अपराध मानता है। कहने को तो क्या हम कह सकते हैं कि भारत देश के रीति रिवाजों में काफी कुछ बदल रहा है लेकिन ये बदलाव सिर्फ महानगरों या सिटी में ही है जहाँ अपनी पसंद का जीवन साथी ढूँढ़ने की आजादी है। ग्रामीण क्षेत्र में ऐसा नहीं है। अपनी पसंद से जीवन साथी चुनना कोई जुर्म तो नहीं है लेकिन ऐसा जीवन साथी चुनो जो आपके परिवार के सभी सदस्यों को पसंद आए। परन्तु ये मुश्किल है कि आपका पंसदीदा जीवन साथी सभी को पसंद आ जाए पर कोशिश करने में क्या जाता है।

एक ज़माना था जब हम अपने नाना–नानी, दादा–दादी के बगैर कोई फैसला नहीं करते थे। उनकी हर सलाह पर सहमति व्यक्त करते थे। लेकिन अब उनकी बातें बकवास लगती हैं। हम ये क्यों भूल जाते हैं कि हमसे पहले उन्होने इस दुनियाँ को देखा है। हमारे पूर्वजों की हर बात बकवास नहीं होती है। उनकी कुछ बातें बेहद कीमती होती हैं। इसलिए ज़िन्दगी का कोई भी फैसला लेने से पहले अपने से बड़ों का परामर्श लेना न भूलें क्योंकि ये जो जमाना है बड़ा लालची है। जिसको देखो पैसा पाने के चक्कर में चक्कर काट रहा है। हर इन्सान पैसे के पीछे भाग रहा है क्योंकि इन्सान की सोच दिन–ब–दिन सीमित होती जा रही है वो सोचता है कि पैसा ही सब कुछ है इन्सान की धारणा ये कितनी कमाल की है कि पैसा होगा तो लोग हमारी

इज्जत करेंगे। हमारा अच्छा विवाह होगा जो चाहेंगे वो खरीद लेंगे। लोग हमसे डरेंगे जो मैं कहूँगा वही वो मानेंगे और वो ये भी मानता है कि पैसा ही अक्ल व काबिलियत सिखा देता है।

हमारे पूर्वज लोग एक कहावत कहते थे कि "गधे पर अगर किताबें रख दी जाएँ तो वो मौलवी नहीं बनता है" सच में उनकी बात में बहुत दम है। हम ये क्यों भूल जाते हैं कि हमेशा हमको इस दुनिया में नहीं रहना है। जिसकी ये दुनिया है उसके पास खाली हाथ लौटकर जाना है। आप अच्छी तरह जानते हैं कि पैसा सिर्फ एक जरूरत हैं सब कुछ नहीं है। फिर ऐसे विचार क्यों हम पालते हैं। पैसा हर सुख नहीं दे सकता है। न अकल न काबिलियत पैसा अगर दे सकता है तो सिर्फ लालच और कुछ नहीं और रही बात इज्जत की तो वो अमीर हो चाहे गरीब हो या किसी भी वर्ग का हो इज्जत की भूख सभी को होती है और इज्जत इन्सान के अपने किरदार से मिलती है पैसे से नहीं। जो व्यक्ति ये सोचकर धन इकट्ठा करते हैं कि लोगों को हम धमकायेंगे उन पर अनावश्यक शासन करेंगे हमारी एक छाप बन जाएगी। तो ऐसे व्यक्ति दौलतमंद नहीं होते सिर्फ लालची व स्वार्थी होते हैं। असली दौलतमन्द वो हैं जो कमज़ोरों की मदद करते हैं न कि मज़ाक बनाते हैं।

इस संसार में बहुत सोच समझकर और संभलकर फैसला लेना चाहिए क्योंकि ये जो संसार है पूरी तरह धोखे से भरा हुआ है। कुछ लोग सोचते हैं कि अगर हम अपने बच्चे का रिश्ता किसी आमीर खानदान के घराने में करेंगे तो हमारा बच्चा बेहद खुश रहेगा। ये जरूरी तो नहीं है कि अमीर घराने से रिश्ता जोड़ लेने से आपके बच्चे को सारी खुशियाँ या सुख मिल जाएँ। इन्हीं में से वो लोग होते हैं जो अदालत का दरवाजा खटखटाते हैं। जीते जी अपने जीवन को नर्क बना लेते हैं। इसलिए शादी विवाह जैसा रिश्ता बैकग्राउण्ड देखकर ही करना चाहिए। धन तो सभी कमाते हैं फर्क बस इतना है कुछ लोग अधिक धन कमाते हैं और कुछ लोग कम धन कमाते हैं। इसलिए शादी विवाह जैसे मसले पर बहुत सोच समझकर फैसला करना चाहिए। मैं दुआ करता हूँ कि जिन्दगी के सबसे अहम फैसले में खुदा हमारी मदद करे।

आओ अब ये जानते हैं कि अधिकांश लड़कियों अपना जीवन साथी कैसा चाहती हैं–

- अधिकांश लड़कियाँ चाहती, हैं कि उनका पति उनसे ज्यादा पढ़ा लिखा समझदार और योग्य हो।
- वो ऐसा जीवन साथी चाहती हैं जो कंजूस न हो।
- लड़कियाँ ऐसे लड़के से शादी करना चाहती हैं जो खुद पर डिपेन्ड हो न कि अपने पिता पर डिपेन्ड हो।
- लड़कियाँ चाहती हैं उसका हमसफर अपनी सोच व समझ का मालिक हो वह दूसरे के इशारे पर न नाचता हो। दूसरों के इशारे पर नाचने वाले पति कभी अपनी पत्नी को समझ नहीं पाते।
- जो एक पति के अलावा उनका एक सच्चा दोस्त भी बने और सुख दुख में साथ भी निभाए। तो ऐसा जीवन साथी चाहती हैं लड़कियाँ।
- हर लड़की उससे शादी करना चाहेगी जो पत्नी की अहमियत समझता हो। उससे हर महत्वपूर्ण फैसले की राय ले।
- एक लड़की कभी नहीं चाहेगी कि उसका जीवन साथी अवगुणी हो। वह किसी तरह का नशा न करता हो या किसी बुरी आदत में लिप्त हो।
- जो खुले विचारों का हो भावनाओं की कद्र करने वाला हो। लड़कियाँ ऐसा ही जीवन साथी चाहती हैं।
- जो अपनी पत्नी पर गर्व का अनुभव करे। ईर्ष्या न करे। ऐसे जीवन साथी की तलाश होती है लड़कियों को।
- अच्छा पति वह होता है जो अपनी पत्नी को समकक्ष दर्जा दे न कि उसे अपने पैरों की जूती समझे।

लड़कियाँ अक्सर अपने जीवन साथी में कुछ ऐसी ही बातें खोजती हैं क्योंकि उनको मालूम है जिन्दगी अनमोल है। इसलिए इसे बर्बाद नहीं करना चाहिए। लेकिन ये जो रूढ़ीवादी लोग हैं वो इन बेचारियों का अधिकार छीन लेते हैं और अपनी पसन्द के परिवार से सौदेबाजी कर

उनको बेच देते हैं। उड़ौर जब एक लड़के का मसला आता है तो ये इंटरनेशनल भिखारियों की तरह कारों में बैठ बेकारों की तरह दहेज की भीख माँगते हैं। मैं दुआ करता हूँ ए खुदा इन रुढ़ीवादी लोगों के अक़्ल के पत्थर हटा दे। इस झूठी दुनिया की हकीकत दिखा दे और इनको पसंदीदा साथी चुनने की अहमियत बता दे। ए खुदा जो दहेज के लिए दूसरों को बदनाम करते हैं वो हक नहीं जो हक है वो इनके दिलों में बसा दे।

आगे बढ़ते बढ़ते एक बात और कहना चाहूँगा कहते हैं कि "जग वही जीतते हैं जो मैदान में उतरते हैं" अब आप सोचिए ये बात मैंने क्यों कही है।

36

यादों का सफर

ज़िन्दगी के दर्द दिल से निकलकर बन जाते हैं। कभी गीत कभी कहानी कभी कोई नज़्म कभी कोई याद जो चलते हैं जीवन भर हमारे साथ हर एक व्यक्ति के जीवन में यादों की लम्बी फेहरिस्त होती है। इन यादों में सफलता असफलता सुख–दुख सभी कुछ शामिल रहता है। याद वो परछाई है जो जिन्दगी के साथ–साथ चलती है। कहा जाता है कि अंधेरे में तो खुद की परछाई भी साथ छोड़ देती है। लेकिन ये यादें आपका साथ देंगी। चाहें घोर अंधेरा क्यों न हों और याद ही ऐसी चीज़ है जो हर जख्म से ज्यादा यादगार और हारी होती है। जीवन के आखिरी पल में भी यादें ही घेरे रहती हैं। रिश्ते नाते खड़े रह जाते हैं और आत्मा अपना शरीर छोड़कर चली जाती है। फिर इन यादों का भूलना क्या। बीच मझधार में इनको छोड़ना क्या और यादों में ही किसी ने बनवाया ये ताजमहल।' एक बात तो तय है यादों से हल्का–फुल्का सुकून तो मिलता है।

एक प्रेमी जोड़े के लिए यादें कभी बेचैनी बनकर उत्पन्न होती हैं और कभी ग़म की तड़प। कभी ये यादें उन्हें बेहद परेशान कर देती हैं और कभी ये जीने का रास्ता दिखा देती हैं। जब आशिक अपने प्यार का इज़हार करता है और जब महबूबा उसे कुबूल कर लेती है। तब एक दूसरे से मिलने के लिए एक चाह उत्पन्न होती है। तब ये याद उनको खुशनुमां बेचैनी और हसीन बेकरारी बनकर तड़पाती है और जब उन दोनों के बीच ब्रेक अप यानि उनके प्यार का जब अन्त होता है तब ये याद गम की लहर बनकर सीमेट ले जाती है दर्द के दरिया में और डूबो देती है तड़प की

गहराई में। जब एक प्रेमी जोड़े के बीच ब्रेक अप होता है तब प्रेमी प्रेमिका में क्या वार्तालाप होती है। आओ जानते हैं।

(माशूका नम्बर डायल करती है अपने आशिक का)

माशूका – हैलो

आशिक – हैलो

माशूका – आप अभी कहाँ पर हैं?

आशिक – मैं अभी कॉफी शॉप में हूँ। (क्यों ?)

माशूका – कुछ नहीं बस, आप वहीं रुकिए मैं वहाँ पर आ रही हूं।

आशिक – ओ, के,

(माशूका जल्दी से कॉफी शॉप पर पहुँचती है)

आशिक – वेलकम टू यू माई डियर (सीट की तरफ इशारा करते हुए) बैठिए आप क्या लेना चाहेंगी ठण्डा या गरम।

माशूका – कुछ नहीं बस मेरी बात सुनो

आशिक – सुनने के लिए ही तो बैठा हूँ बोलो।

माशूका – अब हम साथ नहीं रह सकते।

आशिक – क्यों? यह क्या कह रही हो तुम?

माशूका – मैं तुमसे बहुत दूर जा रही हूँ। तुम मुझे भूल जाओ मेरी ज़िन्दगी से दूर चले जाओ और न तो मुझे मैसेज भेजना, न कॉल करना और न ही मेरा इंतजार करना।

आशिक – (चौंकते हुए) तुम मुझसें दूर नहीं जा सकतीं। तुम बेवफा नहीं हो सकतीं। मेरी चाहत और प्यार में कहाँ कमी रह गई? वह बातें वह मुलाकातें वह देखकर तुम्हारा मुस्कुराना बस एक पल में भुला दूँ। नहीं ये मुझसे नहीं होगा।

माशूका – प्लीज.......ट्राई टू अंडरस्टैंड। अब मैं किसी और की होने जा रही हूँ। मेरा पीछा करना छोड़ दो।

आशिक – तुम मेरी चाहत और मेरे प्यार का मज़ाक न बनाओ। मैं तुम्हारे बिना एक पल भी नहीं जी सकता।

माशूका – (रोते हुए) सोचो....सोचो कि मैं तुम्हारी ज़िन्दगी में थी ही नहीं। एक झूठा ख्वाब था जो नींद के खुलते ही चला गया। अगर तुम मुझे सच में चाहते हो तो अब दोबारा मुझसे मिलने की कोशिश भी न करना। तुम्हें मेरे प्यार की कसम – मेरे साथ बिताए हुए हर एक लम्हे की कसम। भूल.........जाओ मुझे प्लीज भूल जाओ मुझे।

आशिक – मैं तुम्हारी खुशी के लिए तुमसे बहुत दूर चला जाऊँगा, लेकिन तुम्हें कभी भुला नहीं पाऊँगा, क्योंकि मैंने तुम्हें दिलो जान से चाहा है। मैं तुम्हारा पीछा तो नहीं करुँगा, लेकिन तुम्हारा साया बनकर साथ रहूँगा और ईश्वर से प्रार्थना करता हूँ कि तुम्हारे नये जीवन में मेरे हिस्से की भी खुशियाँ भर दे।

(माशूका गुड बाय कहते हुए वहाँ से चली जाती है।)

एक और प्रेमी जोड़ा अपने प्रेम के ब्रेक अप पर किस तरह से बातचीत करता है आओ जानते हैं।

(प्रेमी और प्रेमिका समन्दर के किनारे जाकर खड़े होते हैं।)

प्रेमिका – मैं पूछ सकती हूँ, यहाँ पर हम क्यों आए हैं?

प्रेमी – समन्दर देखने के लिए।

प्रेमिका – पागल हो गए हो, क्या?, समन्दर कोई देखने वाली चीज़ है क्या? बताओ मैं क्या देखूँ इसमें।

प्रेमी – मैं तुमको समन्दर दिखाने के लिए नहीं लाया हूँ। बल्कि इसकी हकीकत दिखाने के लिए लाया हूँ।

प्रेमिका – तुम्हारा कहने का मतलब क्या है?

प्रेमी – मतलब साफ है कि मैं तुमसे अब प्रेम नहीं नफरत करता हूँ। वो भी इतनी कि अगर तुम मरते वक्त पानी भी माँगो ना, तो एक बूँद पानी भी न दूँ तुम्हें।

प्रेमिका – क्या हो गया है तुम्हें? कैसी बहकी–बहकी बातें कर रहे हो। मेरी तो कुछ समझ में नहीं आ रहा है।

प्रेमी – तेरी फ्रैन्ड ने मुझे बताया कि तू मुझसे प्रेम नहीं करती किसी और से तेरा रिलेशन शिप है। मेरी पीठ पीछे छुरा मारने वाली एक कमीनी है तू।

प्रेमिका – तुम मुझे गलत समझ रहे हो। तुम्हारे दिल में मेरे लिए प्रेम की जगह नफरत की आग पलती है। ये मैं कभी सोच भी नहीं सकती कि तुम ऐसे होंगे।

प्रेमी – ये नफरत का बीज तो उसी दिन अंकुरित हो गया था जब तेरी फ्रैन्ड ने मुझे बताया कि तू विवाह कर रही है और वो भी प्रेम विवाह दंग रह गया था मैं परेशान हो गया था मैं।

प्रेमिका – मैं तुम्हारी यहाँ गालियाँ सुनने के लिए नहीं आई हूँ। जब तुझे सब कुछ पता ही चल गया है तो सुन, मैं उसे बहुत प्यार करती हूँ और वह भी मुझे दिलो जान से चाहता है। वो मेरा प्यार है समझे मिस्टर यू।

प्रेमी – अगर ये तुम्हारा प्रेम है तो वो क्या था जब मेरा हाथ पकड़कर तुमने कहा था इन हाथों को कभी अपने हाथों से अलग न होने दूँगी। क्या था वो प्रेम या प्रेम के नाम पर छल।

प्रेमिका – हाँ वो एक छल था एक टाइम पास था।

प्रेमी – तुम्हारी नफरत का बीज धीरे–धीरे एक विशाल पेड बन गया जिसकी हर एक शाख पर नफरत के सैकड़ों फूल खिलते हैं पर ये फूल हमेशा तो नहीं रहेंगे। एक न एक दिन ये सूखकर गिर जाएँगे। (आंखों में आँसू भर आते हैं) कुछ ऐसा भी होगा मेरे साथ..... तुमसे नफरत करने की ये पोशाक एक दिन उतर जाएगी। जब तुम सामने आओगी ये सारी नफरत ये सारी घृणा आंसुओं में बह जाएगी।

प्रेमिका – अब ये नाटक बंद करो मैं अच्छी तरह जानती हूँ कि तेरी प्लानिंग क्या है। आइन्दा से मेरे सामने आने की कोशिश भी न करना। और सुन तुझमें वो बात नहीं जो उसमें है। गुड बाय?,,

पार्टनर को चीट करने के मामले में लड़कियाँ कहीं? ज्यादा स्मार्ट होती हैं। ये बात तो तय है उदासी दुख व तकलीफ में सिर्फ उस इन्सान की याद आती है जिसने आपको जीवन में सबसे ज्यादा प्यार किया हो और आपने सबसे ज्यादा उसको तंग किया हो।

जब अपने साथी का साथ छूटता है तब उसकी यादें दिल और दिमाग पर हावी हो जाती हैं। अगर आपके साथ भी ऐसा ही कुछ होता है तो सबसे पहले उन यादों को भूलने की कोशिश करें। प्रेम में हुए धोखे का दुख सभी को होता है लेकिन ये दिखाना की आपको कोई फर्क नहीं पड़ता है तो सबसे ज्यादा आपको ही इम्प्रेसिव करेगा। तन्हाई में ही सही एक बार अपनी सारी तकलीफें सारे गम आँसुओं से बाहर निकाल दें। ऐसा करने के बाद आप बैटर महसूस करेंगे।

गीता का मनोविज्ञान कहता है कि "मन की चोट दिख जाती है मन के घाव दिखते नहीं लेकिन दर्द बड़ा देते हैं। तन की चोट किसी एक अंग को आहत करता है किन्तु मन का सारे चोट को लाचार कर देता है।" ज़िन्दगी बेहद कीमती चीज़ है। इसे बेवजह गम में बदलकर बर्बाद नहीं करना चाहिए और रही बात गर्लफ्रैन्ड की, कि वो कैसे खुश रहेगी घुमा घुमा के बताने के ऑप्शन तो बहुत हैं लेकिन जो रियल हैं वो यह हैं

- रोज़ाना आप उसके साथ समझौता करें।
- रोज़ाना आप उसके दोनों पैरों को दबाए।
- रोज़ाना अपना पर्स खोलकर उसके हाथों में रख दें।

कहने के लिए क्या इसे एक मज़ाक ही कहा जाएगा। लेकिन सच तो यही है की गर्लफ्रैन्ड ऐसे ही बॉयफ्रैन्ड से खुश रहती हैं। पर हर लड़की पर ये बात आयद नहीं होती है। ऐसा नहीं कि हर लड़की बेवफा हैं बहुत सी लड़कियाँ ऐसी भी हैं जो प्यार करना सिखा देती हैं।

पुरानी यादों को अक्सर हम याद करते हैं प्रेजेन्ट टाइम की धटनाओं की तुलना भी पुरानी घटनाओं से करते हैं। फिर यह आंकलन करते हैं कि कौन सी घटना बड़ी थी फिर अक्सर हम पुरानी घटनाओं को ही बड़ा करार देते हैं।

जब हम छोटे बच्चे थे तो बड़ी शरारत किया करते थे। अक्सर हम अपने बचपन को याद कर बड़े प्रसन्न होते हैं और वे बच्चे जिनकी हम नन्ही–नन्ही उंगलियों को पकड़कर उन्हें चलना सिखाते हैं। वे देखते ही देखते कितने बड़े हो जाते हैं। अतीत के झरोखे में झाँक कर देखो तो ये यादें बहुत कुछ बोलती हैं। उन दिनों के हसीन पलों को याद करके हमारा दिल बेताब होता है। जिन खुशियों की हम को चाहत होती थी वो छीन ली जाती और ये याद करके बडी तकलीफ होती है वो गाँव वो चौबारा जहाँ पर हम खुलकर हँसते थे दो गुजरा हुआ ज़माना कितना भी कोई भूले भूल नहीं सकता। हर आने वाले पल में ये यादें पनपती हैं और पनपती रहेंगी।

37

इश्क और बेवफाई

ज़िन्दगी का सफर भी बड़ा अजीब सफर होता है। कौन अपना और कौन पराया हमसफर होता है। क्या आपने कभी गौर किया है कि अचानक से किसी शख्स से आपका रिश्ता जुड़ता है तो आपके हृदय की धड़कनें तेज़ हो जाती हैं। नेत्र उसी के सपनों में खो जाते हैं। उसके बिना ज़िन्दगी बेकार लगती है। मन व्याकुल हो जाता है। आपको उसी के फोन, मैसेज और ई–मेल का इंतजार रहता है। खुदा से आप उसकी हिफाज़त की दुआएँ करते हैं इश्क कितना रंग–बिरंगा है। इसको समझा पाना बहुत मुश्किल है। प्यार को मापने का कोई निश्चित पैमाना नहीं बना है। ये सच है हम सभी को एक सच्चे प्यार की तलाश रहती है। प्रेम के बारे में एक बात और सुनी जाती है कि प्रेम मुर्दों में जान डाल देता है। न जाने कितनी बेहतर चीज़ है ये प्यार। अपनी बात आगे बढ़ाने से पहले आओ जानते हैं एक छोटी सी प्रेम कहानी

(आसमान से गिरती बूंदों में अख्तर भागता भागता कॉलेज के गेट पर पहुँचता है। तभी एक आवाज़ आती है।

आवाज – सुनो........

(अख्तर पलटकर देखता है)

अख्तर – अरे सुहाना आप.....

सुहाना – हाँ जनाब मैं... पूरे साल में आज अपनी शक्ल दिखाई है आपने क्या मुझसे कोई लड़ाई है या नाराज हो...

अख्तर – नहीं... ऐसी बात नहीं है सुहाना।

सुहाना – तो कैसी बात है जनाब।

अख्तर – दरआसल वो क्या है ना तालीम हासिल करने में इतना मसरुफ था कि वक़्त ही नहीं मिला।

सुहाना – तो क्या घर नहीं आ सकते थे जनाब।

अख्तर – घर आने की बात तो ऐसी है कल ही मैं आपके घर गया था। मामू जान भी मौजूद थे।... मामी जान भी मौजूद थीं। पर आप ही मुझको कहीं नज़र नहीं आई।

सुहाना – वक्त तशरीफ ले गए थे।, जनाब

अख्तर – ऐसे ही तकरीबन शाम की नमाज के बाद

सुहाना – उस वक्त तो मैं अपनी सहेली के घर थी। ओ.... नो, सहेली से याद आया मैं तो इन्ट्रोड्यूस कराना ही भूल गई।

(सुहाना अपनी सहेली की तरफ इशारा करते हुए)

सुहाना – ये मेरी कॉलेज फ्रैन्ड तमन्ना शेख और ये मेरी प्यारी सी खाला के बेटे अख्तर,

(तमन्ना अपना हाथ ऊपर उठाते हुए,) अस्सलामु अलैकुम।

अख्तर – व आलैकुमुअस्सलाम

(तभी अख्तर की नजर तगन्ना के रोशन चेहरे पर पड़ती है। उसके दिल में ये ख्याल आता है कि ये किसी शहर की शहजादी या रूप की रानी है या हुस्न की मलिका है।)

तमन्ना – सुहाना अक्सर आपके बारे में बताया करती थी। देख तो मैं भी चुकी थी पहले आपको...... पर जानती नहीं थी।

अख्तर – मैंने भी कभी–कभी.... (पास लगे गुलाब के पौधों की तरफ इशारा करते हुए) इन गुलाब के पौधों से फूल चोरी करते हुए देखा है आपको ?....

तमन्ना – मैं चोर नहीं हूँ और नाही मैं चोरी करती हूँ। मैं तो सिर्फ इन पौधों का बोझ हल्का करती हूँ।

अख्तर – मैं तो मज़ाक कर रहा था।... पर सुहाना आपने कभी अपनी फ्रैन्ड का ज़िक्र नहीं किया।

सुहाना – जब मिलोगे तभी तो जिक्र करेंगे... ये मेरी बहुत पहले की फ्रैन्ड है, पर कुछ हमारी क्लास मेट ने हमारे बीच प्राब्लम पैदा करवा दी जिससे हमारे दिलों में गलतफहमियाँ पैदा हो गई.... और हम लोगों की फ्रैन्ड शिप टूट गई पर अल्लाह का शुक्र है। शुक्र साल पहले हम फिर फ्रैन्ड हो गए... और हमारे दिलों की गलतफहमियाँ फ़ना हो गई।

अख्तर – ओह, ये तो बहुत खुशी की बात है।

सुहाना – पर आपने ये तो बताया ही नहीं जनाब कि आपके रिज़ल्ट का क्या हुआ?

अख्तर – वही जो पिछले दो साल से होता चला आया है। यूनिवर्सिटी टॉप....

सुहाना – यू आर वेरी जीनियस इस मौके पर कुछ मीठा सीठा हो जाए।

अख्तर – क्यों नहीं बेशक.... पर आज नहीं कल....

सुहाना – कल क्यों?

अख्तर – इसलिए कल मेरे दोस्त सलीम और अजीम भी मेरे साथ होंगे।

सुहाना – ठीक है, पर कल कहाँ और किस वक्त....

अख्तर – हयात रेस्टोरेन्ट जोहर की नमाज के बाद....(तमन्ना की तरफ देखते हुए) और हाँ तमन्ना जी.....आपको भी इस पार्टी में शिरकत फरमानी पड़ेगी। जुबान से दावत कुबूल करोगी या कोई दावतनामा चिट्ठा विट्ठा पेश करूँ।

तमन्ना – पर मैं कैसे?

(तभी सुहाना तमन्ना को रोकते हुए अख्तर से कहती है।)

सुहाना – मैं इसको कल लेकर आऊँगी आई प्रोमिस टू यू–....

अख्तर – ओके बारिश थम चुकी है अब मैं चलता हूँ।

तमन्ना – आपसे मिलकर हमारे दिल को बड़ा सुकून मिला।

अख्तर – और इस बदनसीब को भी बेहद खुशी हुई।

तमन्ना – आप अपने नसीब को क्यों कोसते हो अल्लाह को बुरा लगेगा।

अख्तर – ओह....माफ कीजिएगा गलती हो गई। अल्लाह हाफिज।

सुहाना के वालिद साहब का नाम परवेज खान और वालिदा का नाम शबाना खान है। वालिदैन की इकलौती वारिस है। धन दौलत की कमी नहीं है। पर तमन्ना के हालात ज्यादा बेहतर नहीं हैं। तमन्ना की फैमिली मिडिल क्लास की है। वालिद का नाम रियाजुद्दीन शेख और वालिदा का नाम रिहाना शेख है। उसकी छोटी बहन जिसका नाम शबनम है। छोटे भाई का नाम सुब्हान है। तमन्ना के वालिद साहब शहर में शॉप चलाते हैं और पुरखों की थोड़ी बहुत जमीन से अपना गुजर बसर करते तमन्ना ख्वाहिश एक आला दर्जे की डॉक्टर बनने की है। पर सुहाना की कोई नहीं है। कि वो कुछ बने....

अख्तर की फैमिली बहुत छोटी सी है। घर में माँ है जिसका नाम फरहाना अख्तर है एक छोटी बहन बहुत नटखट है। जिसकी उम्र बारह साल है। आठवीं क्लास में पड़ने वाली का नाम रौनक है। वालिद साहब इन्तकाल फरमा चुके हैं। अख्तर के वालिद साहब आर्मी के ऑफिसर थे जो दुश्मनों से लड़ते लड़ते अपने मुल्क हिन्दुस्तान के लिए शहीद हो गए। अख्तर की भी फैमिली एक मिडिल क्लास की है। वालिद साहब की पेन्शन से और पुरखों की कुछ जमीन से अख्तर के परिवार का गुजर बसर होता है।

अख्तर के दो खास फ्रैन्ड हैं जिनका नाम सलीम और अजीम है। ये दो फ्रैन्ड अख्तर के लिए अपनी जाँ निसार करने को तैयार रहते हैं। सलीम के वालिद साहब कपड़ा सिलने का काम करते हैं। शहर में मोहम्मदिया टेलर्स के नाम से शॉप है। सलीम के वालिद का नाम मोहम्मद साबिर साहब है। अजीम अक्सर सलीम को टेलर कह कर चिढ़ाता रहता है।

अजीम के वालिद साहब बैंक मैनेजर हैं जिनका नाम सफीक़ हसन है। ये सारी फैमिली अल्लाह की इबादत करने वाली हैं। रोजा–नमाज तो इन सबका शौक है।

(अगले दिन हयात रेस्टोरेन्ट में अख्तर अपने दोस्तों के साथ बैठा हुआ है, सुहाना और उसकी फ्रैन्ड तमन्ना शेख का इंतजार कर रहा था। तभी सुहाना और तमन्ना टेबल के करीब पहुँचती हैं।)

सुहाना – हैलो, हाउ आर यू?

अख्तर – वेरी वेल, थैंक्स, एण्ड यू

सुहाना – आय एम फाइन, बैठिए

(अख्तर मेन्यू उठाकर तमन्ना और सुहाना की तरफ बढ़ाता है।)

अख्तर – सुहाना खाने में आपको जो पसन्द हो वो चॉइस कर लीजिए और तमन्ना जी आप भी......

(सलीम और अजीम साथ–साथ कहते हैं।).... और हम लोग....

अख्तर – हाँ–हाँ आप लोग भी चॉइस कर लेना.... ?

(सभी लोगों ने अपनी अपनी चॉइस का खाना किलिक किया)। रेस्टोरेन्ट का वेटर आकर ऑर्डर लेकर चला जाता है। तभी सुहाना अख्तर से पूछती है

सुहाना – अच्छा, जनाब अब ये बताओ। आपका ग्रेज्युएशन तो फाइनल हो गया। अब आगे क्या करने का इरादा है?

अख्तर – सोच रहा हूँ एक छोटी सी जॉब कर लूँ।

सुहाना – (चौंकते हुए) बस और कुछ करने का इरादा नहीं है।

सलीम – अरे ! बहन आपने मुझसे तो पूछा ही नहीं कि मैं क्या बनना चाहता हूँ।

(तभी अजीम फुर्ती में खड़ा होकर)

अजीम – इसकी चॉइस तो मैं ही बता सकता हूँ।

सलीम – हे, बैठ ना खामोश

सुहाना – नहीं नहीं अजीम भाई को भी बोलने दो।

(अजीम बैठते हुए)

आगे इसका फ्यूचर ये है कि "शहर में इसकी एक शॉप होगी जिसके बोर्ड पर लिखा होगा सलीम टेलर्स और नोट में लिखा होगा हमारे यहाँ चूहों के कुतरे हुए, कपड़ों की मरम्मत की जाती है।

(तभी सलीम और अजीम में थोडा नटखटपन शुरू हो गया। अख्तर रोकते हुए)

अख्तर – प्लीज़ स्टॉप टॉकिंग, तमन्ना जी आपने बताया ही नहीं कि आपकी क्या तमन्ना है।

तमन्ना – (शरमाते और मुस्कुराते हुए) कुछ खास नहीं....

अख्तर – मतलब

तमन्ना – मतलब ये कि "बचपन से ही मेरा एक मक्सद रहा है कि मैं एक आला दर्जे की डॉक्टर बनूँ।

अख्तर – बहुत बढ़िया, मक्सद तो बहुत बेहतर है।

सुहाना – पर एक अफसोस है।

अख्तर – अफसोस.... कैसा अफसोस?

सुहाना – जनाब, आपका तो ग्रेज्युएशन हो गया....पर हम दोनों की पूरी एक साल अभी बाकी है, ग्रेज्युएशन होने में।

अख्तर – तो इसमें आफसोस की क्या बात है।

सुहाना – अफसोस की तो बात ही है।.... आप तो चले जाएँगे एक छोटी सी जॉब के लिए हम लोगों को पार्टी कौन देगा?

(सभी लोग हँसने लगते हैं।)

सुहाना – सुहाना तू भी न....

(तभी वेटर खाने की डिश लेकर आता है।)

अख्तर – लो.... खाना आ गया।

(सभी लोग खाना खाते हैं, खाना खाने के बाद सलीम और अजीम एक बाइक पर बैठकर रवाना होते हैं।)

अजीम – हे, अख्तर हम चलते हैं यार। अल्लाह हाफिज....

अख्तर – अल्लाह हाफिज़।

(सुहाना रेस्टोरेन्ट की पार्किन्ग में जाकर खड़ी होती है और अपने ड्राइवर मुश्ताक को फोन लगाती है।)

मुश्ताक भाई आप कहाँ पर हैं। जल्दी से गाड़ी के पास आ जाओ।

(इधर तमन्ना और अख्तर तन्हा खड़े होकर बातें करते हुए)

अख्तर – वैसे आपका मक्सद मुझे बहुत पसन्द आया।

तमन्ना – पर आपका मक्सद मेरी समझ में नहीं आया।

अख्तर – तो आप मेरा मक्सद जानना चाहती हैं।

तमन्ना – क्या और भी मक्सद है कुछ?

अख्तर – हाँ, मेरा रियल मक्सद एक आई पी एस ऑफिसर बनने का है....और जो मैंने बताया था वो सिर्फ एक मजाक के तौर पर था।

तमन्ना – आप तो बड़ा कमाल का मज़ाक करते हैं।....मजाक में भी झूठ बोलना अच्छी बात नहीं है अख्तर जी,

अख्तर – ओह, सॉरी, तमन्ना जी एक बात कहूँ, आप बुरा तो नहीं मानोगी।

तमन्ना – नहीं मैं बुरा नहीं मानूँगी कहो

अख्तर – आप मेरी दोस्त बनेंगी।

तमन्ना – अख्तर जी, आपके अन्दर थोड़ी सी भी थिंकिंग नहीं है जी और आप ऑफिसर बनना चाहते हैं। मैं आपसे बात कर रही हूँ आपके

रिगार्डिंग दी हुई पार्टी को जॉयन कर रही हूँ आपके साथ खाना खा रही हूँ फिर भी आप पूछ रहे हैं, ? आप मेरी दोस्त बनेंगी....बेशक मैं आपकी दोस्त हूँ।

अख्तर – ये सुनकर आय एम वेरी हैप्पी और हाँ ये ऑफिसर वाली बात किसी से कहना नहीं।

तमन्ना – आपको अपनी फ्रैन्ड पर इतना भी भरोसा नहीं....?,

(तभी सुहाना वहाँ आकर कहती है।)

सुहाना – तमन्ना, आओ अब घर चलते हैं। जनाब....अल्लाह हाफिज़,

(तमन्ना भी आदाबे अदब का इशारा करती है।)

(अख्तर रेस्टोरेन्ट में खड़े होकर तमन्ना को जाते हुए बड़ी गौरो फिक्र से देखता है।)

तमन्ना भी पलट–पलट कर देख रही है। वो दोनों कार में बैठकर रवाना होती हैं। तब तमन्ना सुहाना से पूछती है कि अख्तर आपकी सगी खाला का बेटा है। तब सुहाना कहती है नहीं, अख्तर मेरी सगी खाला का बेटा नहीं है।

ये बात उन दिनों की है। जब अख्तर के वालिद साहब आर्मी में थे। तब मैं बहुत छोटी सी थी। अख्तर के वालिद साहब लखनऊ शहर के रहने वाले थे। उनकी पोस्टिंग श्रीनगर में हुई। उन दिनों तब मेरे अब्बा से उनकी मुलाकात हुई और वो दोनों एक अच्छे खासे दोस्त बन गये। घर आना जाना शुरू हो गया। मेरे अब्बा अख्तर के वालिद साहब को किसी तरह छोड़ना नहीं चाहते थे। इसलिए मेरे अब्बा ने श्रीनगर में उनको एक घर खरिदवा दिया और कहा अपनी बीवी और बच्चों के साथ यहीं रहना है। दोनों लोगों में मोहब्बत इस कुदर थी कि अख्तर के वालिद साहब इनकार नहीं कर सके। अख्तर की एक छोटी बहन भी है जो उन दिनों दूध पीती बच्ची थी। अख्तर मुझसे एक साल बड़ा है। अख्तर के पुरखों की जमीन आज भी लखनऊ में पड़ी है। जिससे अख्तर की फैमिली का खर्च चलता है। उन दिनों मेरे अब्बू और अख्तर के वालिद साहब ने साथ–साथ एक ही स्कूल में दाखिला करवा

दिया। हम दोनों साथ–साथ पढ़ने के लिए जाते थे और हँसते थे। कभी लड़ते थे पर साथ रहते थे। और आज भी....

और फिर एक दिन वो मनहूस दिन आ गया जब कश्मीर में दुश्मनों से मुठभेड़ शुरू हो गई थी। अख्तर के वालिद साहब एक आर्मी ऑफिसर होने के नाते दुश्मनों से लड़ने पहुँच गये और वहीं दुश्मनों की गोली का निशाना बन गए। आज भी वो पल मैं भूल नहीं सकी। मेरे अब्बू अख्तर की वालिदा को अपनी बहन मानते हैं और इसलिए मैं उनको अपनी खाला कहती हूँ।....

(उन दोनों की आँखों में आँसू आ गए, थे। तमन्ना के माँ – बाप को सुहाना फूफी – फूफा कहती है। तमन्ना के दिल में अख्तर के लिए मोहब्बत के बीज फट चुके थे। और इधर अख्तर भी कम बेताब न था। उन दोनों के बीच बेचैनियाँ बढ़ चुकी थीं और इन्तजार था तो इजहार इश्क का, धीरे–धीरे ये बेचैनियाँ काफी वक्त तक मचलती रहीं। मिलना जुलना चलता रहा फिर एक दिन इजहार इश्क की हवा चल ही पड़ी।)

(बस स्टैन्ड पर खड़ी तमन्ना हमेशा की तरह बस का इंतजार कर रही है। तभी अख्तर बस स्टैन्ड की तरफ से बाइक पर सवार होकर गुजर रहा है। अख्तर तमन्ना को बस स्टैन्ड पर खड़ा देखता है। बाइक बस स्टैन्ड के पास ले जाकर खड़ा करता है। तमन्ना अचानक अख्तर को देखकर कहती है।)

तमन्ना – माफ कीजिए आप कब तशरीफ लाए......., ।

अख्तर – बस कुछ ही पल पहले, आओ मैं घर तक आपको छोड़ देता हूँ।

तमन्ना – नहीं, मैं चली जाऊँगी।

अख्तर – मुझे लगता है,,,,, इस दोस्त की दोस्ती आपने दिल से कुबूल नहीं की,, शायद इसलिए मेरे साथ चलने से आप इनकार कर रही हैं।

तमन्ना – नहीं, ये बात नहीं है और ऐसा बोलना भी नहीं कि " मुझे तुम्हारी दोस्ती दिल से कुबूल नहीं।

अख्तर – तो क्या प्रॉब्लम् है।

तमन्ना – बस ऐसे ही, (शरमाते हुए)

अख्तर – चलो मैंने ये माना आप मेरे साथ नहीं जाएँगी.... पर एक बात तो मेरी माननी ही पड़ेगी। क्या?

तमन्ना – क्या?

अख्तर – वो सामने जूस सेन्टर दिख रहा है।.... बस वहाँ चलकर बढ़िया सा जूस पीते हैं।

तमन्ना – नहीं मैं नहीं जाऊँगी..... मेरी बस छूट जाएगी।

अख्तर – बस, आने का अभी वक्त नहीं हुआ।.... फिर भी तुम्हारी तसल्ली के लिए मैं पूछ लेता हूँ।.... (पास खड़े आदमी से) क्यों जनाब साहब 302 नम्बर बस आने में कितना वक्त लगेगा। (वह आदमी घड़ी देखकर बताता है।) जनाब साहब तीस मिनट लगेगा।

अख्तर – चलो जल्दी से बाइक पर आकर बैठो।

तमन्ना – नहीं........ समझते क्यों नहीं?

अख्तर – प्लीज, कम ऑन

(आखिर तमन्ना अख्तर की जिद के आगे हार गई और अख्तर के साथ चल पड़ी। जूस सेन्टर पर जूस पीते हुए)

अख्तर – तमन्ना जी, मुझे ऐसा क्यों लगता है कि आप मुझसे कुछ छिपाती हैं।

तमन्ना – मैं, मैं क्या छिपाती हूँ, आपसे

अख्तर – देखो कुछ बातें ऐसी होती हैं।,, जो खास दोस्त से ही शेअर करना चाहिए, और आप हैं जो बताने का नाम ही नहीं लेतीं।

तमन्ना – अख्तर जी, सच्ची कहूँ मैं आपसे कुछ भी हाइड नहीं करती हूँ। ओके

अख्तर – नॉट ओके.... अभी मेरी तरह झूठ बोलने में ऐक्सपर्ट नहीं हो। फिर भी वन मिनट, (वेटर को आवाज लगाता है।) वेटर, वेटर

(वेटर जल्दी से उसके पास आता है और वेटर को साइड से ले जाकर ये सौ रुपये तेरे लिए और ये दस रुपये मेरे लिए एक सिगरेट लेकर आना है।)

(धीरे से बोलता है।) सर, सिगरेट तो में ला दूँगा पर स्मोकिंग नॉट अलाउड है। पर फिक्र मत करो मैं आपकी तरफ पर्दा डाल दूँगा।

अख्तर – ओके गो एट वन्स

(अख्तर फिर तमन्ना के पास लौट आता है।)

अख्तर – हाँ, तो मैं क्या कह रहा था।?

तमन्ना – आप ये कह रहे थे.... कि मैं पागल हो गया हूँ और मेरा इलाज किसी बड़े हॉस्पिटल में होने वाला है।

(तभी वेटर सिगरेट जलाकर अपने मालिक से बचाता हुआ अख्तर को देता है और पर्दा डाल देता है।

(अख्तर सिगरेट का कश लेने के लिए जैसे ही तैयार होता है वैसे ही फुर्ती में तमन्ना सिगरेट तोड़कर फेंक देती है, तमन्ना थोड़ी सी नाराज हो जाती है, और कहती है।

तमन्ना – ये सिगरेट पीकर क्या साबित करना चाहते थे आप

(अख्तर हल्की सी मुस्कान छोड़ता हुआ)

अख्तर – यही की आप मुझसे मोहब्बत करती हो।

तमन्ना – (नाराजगी में) मैं आपसे कोई मोहब्बत, मोहब्बत नहीं करती हूँ।

अख्तर – अगर मोहब्बत नहीं तो सिगरेट को तोड़ा क्यों?

तमन्ना – बस ऐसे ही.... (नाराज़गी से)

अख्तर – (ढोंगी गुस्सा करते हुए) चलो मैंने माना की आप मुझसे मोहब्बत नहीं करती हो.... पर मैं तो मोहब्बत करता हूँ।

(ये सुनकर तमन्ना की आँखों में खुशी के आँसू छलक आते हैं और अख्तर को गले से लगा लेती है और कहती है।

तमन्ना – बस यही तो मैं आपकी जुबान से सुनना चाहती थी कि आप मुझसे मोहब्बत करते हैं। आई वेरी वेरी लव यू।

अख्तर – आई लव यू टू

(एक दूसरे के गले से लिपटे हुए)

तमन्ना – वैसे एक बात कहूँ

अख्तर – क्या?

तमन्ना – आपको सिगरेट भी पकड़नी नहीं आती, (दोनो हँसने लगते हैं)

अख्तर – वैसे एक बात मैं भी कहूँ

तमन्ना – कहो न....

अख्तर – मुझे लगता है, अब आपकी बस नहीं छूटेगी

तमन्ना – ओ, नो अम्मी मुझे मार डालेंगी।

(जल्दी से जूस सेन्टर से बाहर निकलते हुए)

ओके, बाय, सी यू

(अचानक अजीम और सलीम भी जूस सेन्टर में आ जाते हैं, वो दोनों आखिरी माजरे को देख लेते हैं और अख्तर के करीब पहुँचते हैं। अख्तर इन दोनों को देखकर दंग रह जाता है।)

अजीम – सलीम जब चोर पकड़ा जाता है तो उसका चेहरा कैसा होता है?

सलीम – एक दम उदास, उतरा हुआ।

अजीम – बहुत दिनों से सोच रहा था दाल में कुछ काला है। पर सलीम कोई बात नहीं मेरी एक चाची हैं जो काली दाल को भी बेस्ट बना देती हैं।

अख्तर – (अकड़ते हुए) देख अम्मी को कुछ मत बताना।

अजीम – अकड़ो मत

अख्तर – (स्लो मोशन में होते हुए) मैं अकड़ कहाँ रहा हूँ। अजीम मेरे भाई प्लीज अम्मी को कुछ मत बताना (नीचे झुकते हुए)

अजीम – सलीम मैं सुनता था कि लोग मोहब्बत में गिर जाते हैं। पर आज देख भी लिया। (अख्तर को ऊपर उठाते हुए) आय एम प्राउड ऑफ यू

तेरी पसन्द मुझे बहुत पसन्द है चल अब घर चल.......

(इश्क के पंख अख्तर और तमन्ना को लग चुके थे। मोहब्बत के आसमान में उड़ना शुरू कर दिया था। इस कदर मोहब्बत जब तक, एक दूसरे को देख ना लें तब तक दिल को आराम न पहुँचता। एक दूसरे के लिए मग़फिरत की दुआएँ करना। इन दोनों के ख्याल से खाली न जाता, इस तरह मोहब्बत का सिलसिला चलता रहा। एक दिन अख्तर के दोस्तों ने अख्तर से कहा क्यों न हम हजरत शेख नूरउद्दीन नूरानी बाबा की दरगाह पर चलते हैं। यानी दरगाह शरीफ सुना है जो भी वहाँ सच्चे दिल से दुआ माँगता है उसकी दुआ कुबूल होती है। अख्तर अपनी अम्मी से इजाजत लेता है और अपने दोस्तों के साथ चरार–ए–शरीफ चल पड़ता है।

चलते चलते रास्ते में एक आवाज़ सुनाई पड़ती है। वो आवाज सिर्फ इतनी आती है। "हक अल्लाह जो दिया तूने दिया" बार बार यही आवाज सुनाई पड़ती है। अख्तर उस आवाज का साया खोजते–खोजते एक पेड़ के करीब पहुँचता है। वहाँ पर अख्तर देखता है कि एक बूढ़ा बाबा उस पेड़ तले बैठा है। बाबा के चेहरे पर चोट के निशान हैं और उनसे खून निकल रहा है। बाबा की हालत ऐसी थी जैसे लगता था काफी दिनों से कुछ खाया पिया न हो। बाबा को कोई फिक्र न थी कि वो कैसी हालत में है। बस जुबान पर एक ही जुम्ला था। "हक अल्लाह जो दिया तूने दिया"।

बाबा की निगाहें अख्तर के रोशन चेहरे पर पड़ती हैं। बाबा अख्तर को गौरो फिक्र से देखता है। अख्तर बाबा को खाने का इशारा करता है। अख्तर के एक हाथ में खाना और दूसरे हाथ में पानी की बोतल है।

बाबा खाना खाने से इनकार कर देता है। बाबा अख्तर से कहता है कि "तू बुलन्द मरतबे वाला लड़का है। पर तू किसी के इश्क में गिरफ्तार है.... तभी बाबा उसे नसीहत करते हुए कहता है

पानी पीना छानकर।
इश्क करना जानकर ।।

बाबा की ये बात अख्तर के दिलो दिमाग पर असर कर जाती है। बाबा की ये बात सोचकर अख्तर आगे बढ़ता है।

अख्तर के आस पास के रहने वाले लोग उस पर बहुत कॉन्फीडेन्स करते हैं। पढ़ाई लिखाई में वो जीनियस है। यहाँ तक के उसकी काबिलियत के चर्चे पूरे शहर में फैल जाते हैं क्योंकि वो आई० पी० एस० ऑफिसर बनने की तैयारी कर रहा होता है। वक्त की हवा यूहीं चलती रही। एक पल वो आया जब लोगों को पता चला की अख्तर अपने इल्म में फेल हो गया। यानी आई० पी० एस० ऑफिसर का टेस्ट नहीं निकाल सका। तब लोग अपनी असलियत पर उतर कर आए। कुछ लोग हमदर्दी जताते हैं और बहुत से लोग उसका मजाक और उसके फेल होने का जश्न मनाते हैं। अख्तर की ज़िन्दगी टेन्शन से भर जाती है। दिन–ब–दिन हालात खराब होते चले जाते हैं।

अख्तर के वही खास लोग जो उसकी कभी तारीफ करते थकते नहीं थे वही अब उसे टॉर्चर करते रहते हैं। टॉर्चर करके पीछे हंसते हैं। अख्तर उदास चेहरा लिए दर बदर भटकता रहता है। घर में उसकी अम्मी बेहद परेशान होती है। सुहाना और उसके वालिदैन भी काफी परेशान होने लगें.... अख्तर के दोस्तों का आलम ही न पूछो.... ऐसा लगता है जैसे सारी परेशानी उन्हीं पर आ गई हों तमन्ना अख्तर को बार बार फोन करती है और उसका हौसला बढ़ाती है पर अख्तर का समाज में जीना बहुत मुश्किल हो जाता है। रफ्ता रफ्ता वक्त गुजरता चला जाता है। अब तमन्ना भी

उससे बातचीत कम कर देती है। अख्तर को समाज और उसकी अपनी गर्लफ्रैंन्ड की ये अदा बेहद बेचैन करने लगती है।

और फिर एक वक्त वो भी आ जाता है जब अख्तर को ये खबर मालूम होती है कि तमन्ना शादी कर रही है। तमन्ना अख्तर से बातचीत करना और मिलना भी बन्द कर देती है। अख्तर के हालात दिन–ब–दिन खराब होते चले जाते हैं। पर इत्तफाक से एक पल वो आता है जब चरार – ए – शरीफ से उसे मुबारक का प्रोग्राम होता है। अख्तर चरार – ए – शरीफ पहुँचता है। इत्तफाक से तमन्ना भी जियारत करने के लिए। वहाँ पहुँचती है।

(तमन्ना दरगाह से बाहर आती हुई अपनी कुछ सहेलियों के साथ, अख्तर तभी तमन्ना के सामने पहुँचता है।)

अख्तर – सुनो तमन्ना

तमन्ना – (अख्तर की तरफ देखते और चौंकते हुए) अरे, आप, ये कैसी हालत हो गई है आपकी....

अख्तर – बस कुछ नहीं जमाने ने जीने का हक छीन लिया.... पर अब मुझे कोई अफसोस नहीं क्योंकि आपका रोशन चेहरा मेरी निगाहों के सामने जो है।

तमन्ना – पर ये आपकी हालत देखकर बड़ी तकलीफ हुई मुझे।

अख्तर – हर इन्सान की जिन्दगी में गम और खुशियाँ तो आती जाती रहती हैं। ये कोई नई बात नहीं है। तमन्ना जी.... मेरा दोस्त अजीम कह रहा था कि आप अब्दुल मलिक से शादी कर रही हो क्या ये सच है?

तमन्ना – पाक जमीन पर खड़ी हूँ। इसलिए झूठ तो नही कहूँगी जो आपके दोस्त ने कहा वो एक दम सही है।

(ये सुनकर अख्तर के पैरों के नीचे से जमीन खिसक जाती है।)

अख्तर – मैं समझ रहा था कि मेरा दोस्त मुझसे मजाक कर रहा है। पर ये तुम्हारी जुबान से सुनकर मैं हैरान हूँ। कह दो, कह दो कि ये एक झूठा मजाक हैं।

तमन्ना – मैं झूठा मजाक करने की शौकीन नहीं हूँ। मैने तुमको कोई घुमा फिराकर नहीं बताया है।.... बस एक दम साफ जुबान में बताया है।

अख्तर – अब, मैं समझा की तुम्हारी कॉल मुझे क्यों नहीं आ रही थी? तुम मुझसे क्यों नहीं मिलना चाह रहीं थीं। अब मैं सब समझ गया। वो प्यार, वो शादी का वादा सिर्फ एक नाटक था। पर मैं पूछता हूँ, मेरे साथ ये धोखा क्यों?

तमन्ना – कितने बेवकूफ हो तुम.... इतना भी नहीं समझते कि एक लड़की को ऐशो आराम की ज़िन्दगी चाहिए और वो तुम जैसा लड़का नहीं दे सकता वो सिर्फ अब्दुल मलिक जैसा लड़का ही दे सकता है। जिसके पास दौलत है, शोहरत है, और अच्छा कारोबार है और तुम एक फ्लॉप लड़के हो जिसके पास न दौलत है, न जिसकी कोई इज्जत रही, और रही बात फ्यूचर की तो जिसके फ्यूचर का सूरज ही कभी निकलने वाला नहीं है। अब तुम बताओ जिसकी एक फ्लॉप ज़िन्दगी हो उसके साथ एक लड़की कैसे शादी कर सकती है।

अख्तर – (आह भरते हुए) हाँ.... सच कहा।

तमन्ना – और हाँ चलते–चलते मैं एक और सलाह देना चाहूँगी। ये जो तुमको भिखारी दिख रहे हैं ना, इनके साथ बैठकर भीख माँगिए जिससे तुम्हें कुछ पैसे मिलेंगे उन पैसों से अपना फकीरी हुलिया ठीक करवा लेना।....

अब चलतो हैं अख्तर जी, (सभी सहेलियाँ हँसने लगती हैं।)

(अख्तर की आखों से आँसूओं की फुहार शुरू हो जाती है। अख्तर वहीं गश खाकर गिर जाता है। जब अख्तर को होश आता है। तब अपने पास अपने दोस्त अजीम को पाता है। आजीम उसको समझाने की लाख कोशिश करता है। पर अख्तर कुछ नहीं समझता है। अख्तर अपने दोस्त अजीम से कहता है कि मेरे रूम में बहुत सारी डायरियाँ रखी हैं उन डायरियों के बीच एक ग्रीन कलर की डायरी है। वो मेरी पर्सनल डायरी है। उसे लाकर मुझे दे दो।

अजीम कुछ वक्त गुजरने के बाद वो डायरी अख्तर को लाकर दे देता है। काफी वक्त गुजरने के बाद वो वक्त भी आ जाता है। जब सुहाना के घर लेडीज पुलिस आती है। सुहाना को पूछती है "तभी सुहाना अपने रूम से बाहर आती है। पुलिस सुहाना को पकड़कर चल देती है। सुहाना के वालिदैन पुलिस से पूछते हैं। मेरी बेटी का कुसूर क्या है? पर कोई कुछ न बोलता और सुहाना को लेकर पुलिस, पुलिस स्टेशन पहुँचती है।

सुहाना के वालिदैन पुलिस के पीछे पुलिस स्टेशन पहुँचते हैं और जब अख्तर की अम्मी को खबर लगती है। तो वो भी पुलिस स्टेशन पहुँच जाती हैं। सुहाना बुरी तरह काँप रही है। रो–रो कर आँसूओं से उसकी आँखें लाल हो जाती हैं। तब पुलिस लेडी सुहाना से कहती है। साहब अन्दर बैठे हैं जाओ और अपना बयान दो, सुहाना को धक्का मारती है। सुहाना काँपते हुए अन्दर पहुँचती है। साहब सुहाना की तरफ पीठ किए हुए, बैठे हैं हाथ में ग्रीन कलर की डायरी पकड़े हुए। पढ़ना शुरू करते हैं।, जनाब साहब,

अस्सलामु अलैकुम

मुझे आज भी याद है वो बचपन की बहारें, वो स्कूल के दिन, और वो बीते हुए लम्हें जब आप मेरा खाने का 'टिफिन लेकर भाग जाते थे। मैं चीखती थी चिल्लाती थी। पर आप पर कोई फर्क न पड़ता था और तो और मैं आपसे नाराज भी हो जाती थी। पर दूसरे ही पल आप मुझे चॉकलेट देकर मना लेते थे। आप बहुत शरारती और नटखट हुआ करते थे और आप तो अच्छी तरह जानते थे कि मैं पढ़ने लिखने में एक दम बेकार थी। क्लास में जब मुदर्रिस साहब मुझे खड़ा करते और कोई सवाल करते तो मैं नहीं बता पाती थी और आप मेरी डाँट बचाने के लिए कागज के टुकड़े पर जवाब लिखकर आप अपने दोस्तों के जरिए मेरी सीट तक पहुँचाते थे। कागज के टुकड़े में जवाब पढ़कर मैं मुदर्रिस साहब से बहाना करती कि मुझे याद आ गया। मुदर्रिस साहब अक्सर कहते थे। "तो फिर बताओ" मैं झट से जवाब बता देती थी और डाँट से बच जाती थी। लेकिन फिर भी मैं एक साल फेल हो गई आप और आपके दोस्त मुझसे एक क्लास आगे निकल गए। आप सोच रहे होंगे इन सब बातों को बताने की मन्शा क्या है?

मन्शा कहने की ये है जब से मेरे दिल में तुम्हारा दीदारे–हुस्न हुआ है मेरे दिल में तुम्हें पाने की आरजू पैदा हुई। मोहब्बत की शुआएँ मुझे चैन से नहीं बेठने देतीं और ना ही इजहार–ए–मोहब्बत के लिए मैं हिम्मत जुटा पाई कि अपने महबूब से इश्क का इजहार करूँ। कभी हिम्मत भी की तो डर गई कि समाज के दरिन्दे इस पाक मोहब्बत को कहीं गलत मोड़ तक न पहुँचा दें। तुम्हारे इश्क के बाअस कहीं मेरी जिन्दगी दोजख न बना दें। मैं बड़ी तजबजब (पशोपेश) में हूँ कि आखिर मैं क्या करूँ? तुम्हें भुलाना भी मुमकिन नहीं और बताना भी गैर मुमकिन है। इस हद तक इश्क–ए–जुनून का खुमार बढ़ा की मैं बेहद बेखुद हो गई हूँ। बेचौनी बेशुमार बढ़ गई है। अब तो ये आलम है कि.....

बढ़ी बेताबियाँ इतनी के फिर तो रात भर हमने।
कभी तकिया इधर रखा कभी तकिया उधर रखा।।

माना के हम कभी न गए, आपके करीब।
लेकिन हमारे दिल में फकत आप ही रहे।।

आपकी प्यारी फ्रैन्ड
सुहाना....

साहब डायरी पढ़ने के बाद सुहाना की तरफ चेहरा करते हैं। सुहाना साहब की तरफ ही देख रही होती है। सुहाना बेहद हैरान आँखें फाड़कर देख रही है। कुछ वक्त तक एक दूसरे को देखते रहते हैं वो साहब कोई और नहीं बल्कि अख्तार होता है।

(अख्तर, सुहाना के करीब आकर)

अख्तर – मुझे देखकर हैरान होने की ज़रूरत नहीं बल्कि हैरान तो मैं हूँ इतनी मोहब्बत कब से।

सुहाना – (आँखों से आँसू निकलते हुए) जब छोटे से थे, तब से

अख्तर – (आँखों में आँसू आ जाते हैं।) कभी कहा क्यों नहीं?

सुहाना – डरती थी।

अख्तर – (आँसू पोछते हुए) सुहाना, तुम तो सब जानती हो तमन्ना और मेरे बीच क्या हुआ, कैसे हुआ इन सभी बातों से तुम अच्छी तरह वाकिफ हो फिर भी.... मुझे बड़े अफसोस के साथ कहना पड़ रहा है कि मैं अब मोहब्बत नहीं कर सकता।

ये सुनकर सुहाना का मासूम चेहरा उदास हो जाता है और अपना सिर नीचे झुका कर खड़ी रहती है। तब दूसरे ही पल अख्तर, सुहाना के आस–पास चलते हुए।

अख्तर – इन्सान की अपनी ज़िन्दगी में कुछ काम ऐसे होते हैं ज़ो इन्सान के अपने हाथ में होते हैं। ऐसा ही कुछ काम जो मेरे अपने हाथ में है जैसे मैं अब प्यार नहीं कर सकता।.......... पर निकाह तो कर सकता हूँ।.......... सुहाना मुझसे शादी करोगी।

(ये सुनकर सुहाना का चेहरा खुशी से लाल हो जाता है। आँखों में हल्की फुल्की आँसुओं की बरसात लिए कहती है।)

सुहाना – ये कोई पूछने वाली बात है क्या?, ऑफ कोर्स? मैं आपसे निकाह करूँगी।

(तुरन्त ही एक दूसरे की बाहों में सिमट जाते हैं। तभी अख्तर सुहाना को बताता है कि मैं आई० पी० एस० के टेस्ट में कभी फेल नहीं हुआ था। हमेशा की तरह मैं टॉप आया था पर मैं एक अण्डर कवर एजेन्ट के तहत काम कर रहा था। चरार–ए–शरीफ जाते वक्त मुझे एक फकीर बाबा मिला जिसने मुझे एक ऐसी बात बताई। जिसको अपने जहन में लेकर मैं उसी की तलाश में जुट गया।

तलाश करते–करते समाज की सच्ची तस्वीर मेरे सामने आ गई.... और तमन्ना की भी। इस तलाश से मैंने इतना कुछ सीखा जो कभी किताबों से नहीं सीख सका। अख्तर सुहाना से पूछता है कि तुम्हारी ये डायरी मेरे रूम तक कैसे पहुँची। सुहाना कहती है कि उस दिन मैं खाला जान से मिलने के लिए आपके घर आई थी आपका रूम खुला देखा मैं आपके रूम के अंदर चली गई। अंदर जाकर मैंने देखा तमाम किताबों का मेला सा लगा हुआ है। उस वक्त मेरे हाथ में मेरी ग्रीन कलर की डायरी थी। फिर मैं आपकी तमाम फाइलों को, किताबों को देखती रही थी

इत्तफाक से मेरी नज़र आपकी डायरियों पर पड़ी उनको देखने के लिए मैं डायरी निकाल ही रही थी कि इत्तफाक से सभी डायरियाँ जमीन पर बिखर गई। मैं बिखरी हुई डायरियों को इकट्ठा करने लगी, तभी खाला ने आवाज लगाई और मैं, बहुत डर गई थी। इत्तफाक से मैं अपनी डायरी वहीं छोड़कर आपकी ग्रीनकलर की डायरी अपनी समझकर खाला की तरफ लेकर भाग खड़ी हुई। इस तरह डायरियों का बदलना हो गया। अख्तर कहता है अगर ये डायरियाँ न बदलतीं तो शायद मैं कभी जान भी नहीं पाता कि आप मुझसे इतनी मोहब्बत करती हो।

अख्तर, सुहाना से कहता है कि इन सब बातों के लिए हमारे पास वक्त बहुत है, पर अब मुझे जरूरी काम करने हैं। अब उन लोगों को सबक सिखाने का वक्त आ गया जो हमारे देश को खोखला कर रहे हैं। जो हमारे देश के दुश्मनों को असलाह सप्लाई करते हैं। सुहाना मैं आठ दिनों के बाद तुमसे निकाह करूँगा। ये मेरा वादा है।

वो दोनों अन्दर से बाहर आते हैं। बाहर सुहाना के वालिदैन और अख्तर की अम्मी तशरीफ फरमा रहे होते हैं। ये सभी लोग उसका हौसला अफजाई करते हैं। अख्तर कहता है "सुहाना आप सभी लोगों को समझा देंगी कि मैं ऐसा क्यों रहा था?"

कुछ वक्त के बाद, गैर कानूनी तरह से धन्धा करने वाले लोगों को अख्तर पकड़ने लगता है। अख्तर ने उन सभी की जुर्म की फाइल खोलकर जेल की हवा खिलाना शुरू कर दिया। अब अख्तर की वाह! वाह! होती जा रही थी। वही लोग जो अख्तर को पागल कहते थे। अब वही लोग उसकी तारीफ करते थकते नहीं। उस शख्स को भी पकड़ने का वक्त आ गया, जो इन गैर कानूनी तरह से धन्धा करने वालों का सरगना था। वो कोई और नहीं बल्कि तमन्ना का मंगेतर अब्दुल मलिक था।

अब्दुल मलिक जुर्म की दुनिया का बेताज बादशाह है। जो चोरी छिपे दुश्मनों को असलाह सप्लाई करता है।.... अख्तर, अब्दुल मलिक को पकड़कर बेतहाशा मारता है और उसे घसीट कर तमन्ना की चौखट तक लेकर आता है। तमाम लोगों का मजमा लग जाता है। तब तमन्ना गुस्से में घर से बाहर आती है।

(अख्तर अपने कुछ सिपाहियों के साथ, अब्दुल मलिक को घसीटते हुए, तमन्ना के सामने ले जाता है। तमन्ना देखकर चौंकते हुए)

अख्तर – देख, ये है तेरा होने वाला शोहर... देख, देख जिसके पास दौलत है शोहरत है, और अच्छा कारोबारी है। देख, देखना तू........

(तमन्ना का चेहरा बेइज्जती से फक्र हो जाता है और शर्म से चेहरा नीचे झुका लेती है।)

जानती हो, ये वो शख्स है, जो हमारे अपने मुल्क के दुश्मनों को असलाह सप्लाई करता है। ऐसे बना ये दौलतमन्द, शराफत का ढोंग करने वाला एक वहशी है ये इसलिए इसकी शोहरत है, हथियार, ड्रग्स सप्लाई करना, मासूम लड़कियों की इज्जत रेज़ी करना इसका अहम शौक है, और तो और मासूमों की जान लेना इसका कारोबार है। इस तरह का ये अच्छा कारोबारी है। देख.... देखना इसकी मासूमियत देख।

(अख्तर अपना गुस्सा कंट्रोल करते हुए, तमन्ना की तरफ बढ़ता है। तभी अब्दुल मलिक अपने करीब खड़े सिपाही के लात मारता है, उसी का हथियार छीनकर उसी के सिर पर लगा देता है.... बाजी पलट जाती है।

(अब्दुल मलिक सिपाही को पकड़े हुए.... उसके सिर पर हथियार लगाए हुए)

अब्दुल मलिक – (फटी हुई आवाज में) भाई जान, बन्द कर अपना तमाशा बन्द कर तू इतना भी नहीं जानता अगर इस दुनिया में हर इन्सान नेक होता तो शायद खुदाए, करीम दोजख न बनाता? अगर हर इन्सान वली होता तो रब्बिल आलमीन गुनाह जैसा लफ्ज़ न बनाता.... समझे मेरे भाई समझे?

(दिल खोलकर हँसता है, दूसरे ही पल गुस्से में होकर)

तू इसका आशिक है, तो मैं क्या करूँ? बता मैं क्या करूँ?

अख्तर – (धीमे से कहता हुआ) तेरा भाई तो मैं नहीं हूँ, हाँ तेरा अब्बू जुरुर हूँ और तू मेरा नालायक बेटा, और जब बेटा बिगड़ जाए तो उसे कैसे ठीक किया जाए, ये सिर्फ अब्बू जानता है और हाँ मैं इसका आशिक

हूँ नहीं.... कभी था। बेटा तूने सच कहा, हर कोई वली नहीं हो सकता, और न हर इन्सान नेक (चीखते हुए) इसीलिए खुदाए करीम ने सिर्फ तुझ जैसे नापाक लोगों के लिए दोजख बनाई और गुनाह जैसा लफ्ज बनाया मुझे बड़ा अफसोस है। बेटा तेरा ये अब्बू तुझे सिर्फ मौत दे सकता है। और कुछ नहीं, सॉरी बेटा सॉरी।

अख्तर अब्दुल मलिक के सामने जाकर खड़ा हो जाता है? एक दूसरे को देखते फुर्ती में अब्दुल मलिक के पैरों में लात मारता है। अब्दुल मलिक इतने में उस पुलिस वाले को अख्तर अलग हटाता है और अब्दुल मलिक को गोली मार देता है। कुछ पल के लिए सन्नाटा छा जाता है। फिर अख्तर तमन्ना के क़रीब पहुँचता है और कहता है।

अख्तर – सॉरी मैं इसे मारना नहीं चाहता था। पर इसने सारी हदें पार कर दीं थीं। अब मेरे पास तुम्हें भीख देने के लिए कुछ भी नहीं है।.... सॉरी (थोड़ा सा नरवस होकर) तमन्ना अगर हर लड़की तुझ जैसा सोचने लगे तो ये दुनिया ही खत्म हो जाएगी.... तमन्ना तुमको मुझसे प्यार था ही नहीं.... सिर्फ तुम मेरे फ्यूचर से प्यार करती थीं। तुमने समझा मेरा फ्यूचर खत्म हो गया और करवट पलट ली तमन्ना ये कौन जानता है कि आने वाला हवा का झोंका, झोंका है या तूफान तमन्ना ये कोई नहीं जानता कि कल किसके फ्यूचर में क्या होने वाला है? और तुम इतनी खुदगर्ज हो जाओगी ये मैंने सोचा भी नहीं था। मुझे बेहद अफसोस है कि मैंने आपके होने वाले शोहर को मार दिया सॉरी मुझे माफ करना.........

अख्तर और सारे पुलिस वाले अब्दुल मलिक की लाश उठाकर वहाँ से चले जाते हैं। तमन्ना बुरी तरह टेन्शन में मुबतिला हो जाती है। कुछ वक्त के बाद, तमन्ना ने जहर पी लिया अपनी टेन्शन से फ्री हो गई। हालांकि अख्तर और सुहाना को इसका बेहद अफसोस हुआ।.... पर वो अब क्या कर सकते थे? अख्तर और सुहाना ने शादी कर ली अपनी ज़िन्दगी खुशी से गुजारने लगे।

कहा जाता है कि प्रेम एक जादुई शब्द है उम्र से प्यार का अहसास नहीं बदलता है।.........

क्या प्यार हमेशा सफल होता है नहीं, बेवफा तो कोई भी कभी भी बन सकता है। जिस तरह प्यार में धोखाधड़ी होती है ऐसे में प्यार की परिभाषा बदल जाती है। बेवफाई के कारण बनी प्यार की परिभाषा कुछ इस तरह होती है।....

38

Love..........

L = Lake of Tears

O = Ocean of Sorrow

V = Valley of Danger

E = End of Life

प्यार करने से पहले कुछ बातें जरूर सोच लेनी चाहिए। जिस इन्सान से आप प्यार करने जा रहे हैं। उस इन्सान में कुछ ऐसी बातें तो नहीं हैं जो आपके खुशहाल जीवन को गम के साये में बदल दें। आओ जानते हैं अपना हमसफर चुनने से पहले वो क्या बातें होती हैं।

- अगर कोई आपसे बात–बात पर शक करे तो क्या आप उसके साथ खुश रह सकेंगे? शायद नहीं जितना जल्दी हो सके ऐसे इन्सान से पीछा छुड़ा लेना चाहिए।
- जो इन्सान किसी की इज्जत नहीं करता तो वो आपकी भी इज्जत नहीं करेगा। ये एक रियल फैक्ट है। ऐसे इंसान से प्रेम जैसा रिश्ता नहीं बनाना चाहिए।
- कहा जाता है तहजीब इन्सान की एक पहचान होती है। इन्सान की पहचान उसके कपड़ों से नहीं होती है, न उसकी बातों से होती है बल्कि उसके दिल से होती है। जो इन्सान दिल का अच्छा न हो बात–बात पर गालियाँ देता हो तो भूलकर भी ऐसे इन्सान से मेलजोल न बढ़ाओ।

- जिस इन्सान को खुद पर यकीन न हो। हर मुश्किल घड़ी में दूसरों का मुँह देखता हो। तो ऐसे इंसान से दूर बहुत दूर रहो।
- जो आपकी ज़िन्दगी में हद से ज्यादा दखल दे, जो आपके पीछे एक भूत की तरह पड़ गया हो तो उससे तुरन्त दूर हो जाओ। वरना ज़िन्दगी तो आप जियोगे लेकिन सिर्फ उसके इशारों पर ठीक कठपुतली की तरह।
- जो इन्सान वक्त के साथ बदलता हो अपना मतलब निकालने के बाद बदल जाता हो। तो ऐसे इन्सान से जितना दूर रहो उतना बेहतर है।
- आप किसी से बेहद प्यार करते हैं और उसे आप पर यकीन ही नहीं, तो आप उसके साथ कभी खुश नहीं रह सकते और न वो रिश्ता सफल होगा।

आप जिसके साथ अपना जीवन बिताना चाहते हैं। उस इन्सान में इन में से कोई बात फिट बैठती है, तो आप अलर्ट हो जाइये। आपके जीवन में मुश्किलों के पहाड़ बढ़ सकते हैं।

तमन्ना और अख्तर की ये जो कहानी आपने पढ़ी इससे मैं उम्मीद करता हूँ कि आपने इस कहानी से बहुत कुछ सीख लिया होगा। मैंने जो सीखा वो सिर्फ ये है कि किसी इन्सान के फ्यूचर से प्यार नहीं करना चाहिए न उसकी शोहरत से न उसकी दौलत से सिर्फ उस इन्सान के दिल से प्यार करना चाहिए। और जो तुम्हें प्यार नहीं करता उस इन्सान के पीछे नहीं भागना चाहिए। जो तुम्हें प्यार करे सिर्फ उसी से प्यार करना चाहिए।

किसी से अगर प्यार करो तो बेवफाई मत करो। किसी का भरोसा तोड़ना सबसे बड़ा गुनाह है। अगर आप फिर भी किसी का दिल तोड़ना चाहते हैं किसी के साथ बेवफाई करना चाहते हैं तो अपने मूड को गंभीर न रखे।

कुछ ब्रेकअप टिप्स मैं आपको बता रहा हूँ। जिससे आपका साथी ज्यादा विचलित नहीं होगा।

- सबसे पहले जाकर अपने साथी से मिलें उससे अच्छी तरह बात करें।
- कुछ प्रेमी लोग ऐसा मानते हैं कि हमारा तो उससे ब्रेक अप हो गया मैं उसे अब प्यार नहीं करती या करता हूँ। तो अब उससे मुझे बात करने की जूरूरत क्या है? इस तरह का रवैया आपके साथी को कुछ गलत होने जैसा संकेत दे सकता है। ऐसा करना उसके लिए बेहद कष्टकारी हो सकता है।
- आप उनसे प्रेम जैसा कोमल रिश्ता क्यों, तोड़ना चाहते या चाहती हैं यह बात उन्हें साफ–साफ बताइए। अगर आप रियल में उनकी भावनाओं की कद्र करते हैं। तो उन्हें झूठ ना बोलें।
- सम्बन्ध समाप्ति से पहले किसी दूसरे शख्स से प्रेम न करें और न किसी के साथ डेट पर जाएँ। इससे आपके, प्रेमी को बहुत कष्ट पहुँच सकता है।
- रिश्ता तोड़ने जैसी बात मैसेज या ई–मेल के द्वारा नहीं करना चाहिए और ना ही अपना दोस्त भेजकर संदेश पहुँचाना चाहिए उसे ऐसा लगना चाहिए कि आप उसका सम्मान करतीं या करते हैं।
- प्लीज अपने प्रेमी या प्रेमिका की भावनाओं को चोट न पहुँचाएँ।

ब्रेक अप करने के तरीके तो बहुत से हैं। लेकिन ये वो तरीके हैं जो आपके साथी को शायद कम चोट पहुँचाएँ।

आओ ये भी जानते हैं जो लोग शादी के बाद बेवफाई करते हैं। कैसा, कैसा बदलाव आता है, उन लोगों के अंदर। ये बात आप पहले ही जान लीजिए, शादी के बाद बेवफाई बर्बादी का कारण बन सकती है। जब कोई चोरी करता है। तो अपने सबूत छोड़ देता है। जब कोई पति फिसलता है तो वह अपने साथ क्लू लेकर आता है।

- ऐटिट्यूड में बदलाव, पत्नी में दिलचस्पी कम हो जाना।

- एक पल खुश दिखना, दूसरे पल टेंशन में लिप्त होना। रोमांस या इश्क में कमी आना, तारीफ करना बंद कर देना। घुमाने बाहर न ले जाए।
- रात देर से घर आना, बहाने बनाना, झूठ बोलना और घर में कम वक्त गुजारना आदि।

अगर महिलाएँ पहले से ही इस बदलाव को पहचान लें तो ये समस्या उत्पन्न नहीं होगी। हमेशा याद रखो –

किसी के साथ एहसान न करो
किसी के साथ नेकी न करो
किसी के साथ भलाई न करो
किसी की कभी मदद न करो
अगर करो तो कभी उसका जिक्र न करो।

39

आखिरी तलाश –

कहा जाता है वक्त के गुजरने का एहसास इन्सान को उस वक्त होता है। जब वक्त उससे बहुत आगे निकल जाता है। आखिरी तलाश का सफर शुरू करने से पहले आओ जानते हैं उस अजब इश्क की कहानी।

रोजालीन की मोहब्बत में पड़ चुका रोमियो एक पार्टी में पहुँचा जहाँ उसकी मुलाकात जूलिएट से हुई और उन दोनों में प्यार हो गया। उन्होंने चुपचाप शादी करने का फैसला लिया। बदकिस्मती से दोनों परिवारों के बीच जंग छिड़ गई। इस लड़ाई में रोमियो के एक करीबी दोस्त की मौत भी हो गई। जिसके बदले में रोमियो ने भी जूलिएट के चचेरे भाई की हत्या कर दी। रोमियो को देश से जाने की सजा मिली जूलिएट के परिवार वालों ने उसकी शादी का फैसला कर लिया था। शादी से बचने के लिए जूलिएट नींदवाली दवाई पी कर सो गई। ताकि सबको लगे वह मर चुकी है। रोमियो को इस नाटक के बारे में पता नहीं था। जूलिएट के मरने की खबर सुनकर वह वहाँ पहुँचा और उसने जहर पी लिया। जब जूलिएट का नशा उतरा तो सामने अपने प्रेमी की लाश देखकर वह सन्न रह गई। जूलिएट ने यह देखा, और रोमियो के छुरे से ही खुद को मार डाला और आखिरकार दोनों की आत्मा एक हो गई।

प्यार और इबादत इन दोनों पर बहुत बहस और दंगे होते हैं। जरा सोचिए अगर एक पल पहले जूलिएट नशे की हालत से जाग जाती तो शायद उस वक्त रोमियो इस तरह न मरता। एक पल ज़िन्दगी में कभी कभी कितना कीमती होता है ये हम जान भी नहीं पाते। इसीलिए, जिन्दगी

में सोच समझकर फैसला लेना चाहिए। किसी का बिना इन्तजार किये तुरन्त ही कोई निर्णय नहीं करना चाहिए। लेकिन कहा जाता है न, कि तकदीर को कोई नहीं बदल सकता पर इतना जरूर है तकदीर हमेशा उन लोगों के हाथ में होती है जो वक्त की कदर करते हैं। इसलिए हमको अपने वक्त की कदर करनी चाहिए। यहाँ, वहाँ खड़े होकर बेकार की बहस में वक्त जाया नहीं करना चाहिए। क्योंकि वक्त इतनी कीमती शय है कि उसे किसी भी दौलत के बदले नहीं खरीदा जा सकता है। इसलिए थोड़ा सा सोचिए और अपने जीवन को अव्वल बनाइये।

दुनिया में दौलत शोहरत इसकी प्यास सभी को है। हर सुबह, हर शाम और हर रोज अम्मी, अब्बू अपने लख्त–ए–जिगर को दौलत और शोहरत से धनी देखकर लोगों को जिक्र करते थकते नहीं देखो उसने वो कर लिया, वो विदेश में बस गया, उसका कितना नाम है आज उसके पास हर चीज है। ज़िन्दगी में खुशियाँ बहुत जरूरी हैं और लोगों का मानना है कि खुशियाँ दौलत से हासिल होती हैं। अगर आप हर व्यक्ति से पूछें कि खुशियाँ क्या होती हैं? तो शायद हर व्यक्ति यही कहेगा सब ठीक ठाक हो, सब स्वस्थ रहे। एक अच्छा घर हो कामकाज चलता हो। दुनिया में अपनी पहचान हो बस और क्या चाहिए।

फिर सोचता हूँ कि वो लोग कितने महान हैं जो इन चीजों को त्यागकर अपना जीवन व्यतीत करते हैं। शायद ही हम में से कोई इस तरह जीवन व्यतीत करे। आप अच्छी तरह जानते हैं दौलत धूप छाँव का खेल है। दौलत हासिल करना अच्छी बात है। पर गलत तरीके से दौलत हासिल करना अच्छी बात नहीं है। जो लोग अपना ईमान बेचकर किसी को धोखा देकर, ब्याज लेकर धन इकट्ठा करते हैं और कहते हैं हमने बहुत तरक्की कर ली है। समझ में नहीं आता है ये कैसी तरक्की है। ये तरक्की है या गद्दारी जरा सोचना चाहिए। इस तरह के जो लोग होते हैं वे कभी किसी के भले नहीं होते हैं। गंदा खाते हैं, और गंदा ही बोलते हैं। एक खास बात इनमें और होती है। ऐसे लोग कभी किसी के लिए अच्छा नहीं सोचते हैं।

कहा जाता है, दौलत हासिल करना मुश्किल नहीं उसे खर्च करना मुश्किल है। दौलत कभी भी किसी भी तरह से हासिल की जा सकती है। लेकिन वफादारी और ईमानदारी से हासिल करना बहुत मुश्किल है। वो

दौलत नहीं जो जिल्लत की राह से हासिल हो। इल्म की दौलत सबसे बड़ी दौलत है और इन्सान की सारी दौलत उसकी खूबियाँ हैं और ये भी जानिए कि..........

जालिम को अगर जुल्म की ताबीर बताई तुमने
तो पूछेगा ए मिस्टर कितनी दौलत कमाई तुमने

और कबीरदास की ये पंक्तियाँ बहुत ही बेहतर सदेंश देती हैं।........

सोहबत ही गुन उपजे
सोहबत ही गुन जाये
वाँस फाँस मीसरी
एक ही भाय विकाये

याद रखो किसी की बदसलूकी पर दिल बर्दाश्त होकर अपने अखलाक को नहीं गिराना चाहिए। क्योंकि ये बुजदिली और कमजोरी की अलामत है। जैसी शोहबत से आप अपना ताल्लुक रखेंगे वैसे ही गुन पाओगे। ये दौलत ये शोहरत ये मान मर्यादा उमर भर मायने रखते हैं हमारे लिए, पर जब मौत काट जाए, ज़िन्दगी का रास्ता ये चीजें तब अनजानी सी नजर आती हैं। ये हँसना, ये रोना, रूठना मनाना सब चलता है जीवन भर हमारे साथ, पर जब इन्सान एक दूसरे के काम ना आ सके तो सब कुछ बेकार है।

प्यार एक शब्द अजब है, यह एक ऐसा शब्द है कि सभी लोग अपने जीवन में इसका सामना जरूर करते हैं। लेकिन प्यार को सिर्फ शब्दों तक ही जानते हैं। आज ये शब्द जितना दूषित हो चुका है। पहले कभी भी नहीं हुआ था।

इस प्यार जैसे अहसास को दूषित करने वाले कोई गैर नहीं बल्कि प्रेम करने वाले लोग हैं क्योंकि प्रेम के नाम पर जो सेक्स करने का प्रचलन चल पड़ा है। इसलिए अब सभी को प्रेम जैसा रिश्ता गंदा नजर आता है। हालाँकि सभी लोग ऐसे नहीं होते.... इस संसार में ना तो सब बुरे हो सकते हैं और ना सब अच्छे। प्रेम एक ऐसा टॉपिक है कि इस पर जितनी चर्चा की जाए कम बहुत कम है। इसलिए अब मैं निवेदन करता हूँ कि प्यार को

प्यार रहने दीजिए उसे बदनाम मत कीजिए। जिन्दगी से भरपूर फायदा उठाना, उसका मजा लेना असल कामयाब ज़िन्दगी गुजारना यकीनी तौर पर आपका हक है। लेकिन ये मुनासिब उस वक्त है जब आप ज़िन्दगी गुजारने का सलीका जानते हों। यहाँ प्रेम होता है, वहाँ विद्रोह भी होता है। प्रेम और विद्रोह की जंग वही जीतते हैं जो जीतना चाहते हैं। प्रेम की जंग जीतने के लिए हर परीक्षा से गुजरना पड़ता है। जो लोग डर जाते हैं वो लोग मर जाते हैं अगर अपने साथी को पाने की ताकत ना हो तो प्रेम ना करिऐगा।.............

अल्लाह हाफिज़